白獣の君と美味しい初恋始め

JN068578

豆

幻冬舎ルチル文庫

CONTENTS ✦目次✦

白獣の君と美味しい初恋始めます

✦イラスト・陵クミコ

✦カバーデザイン＝久保宏夏（omochi design）

✦ブックデザイン＝まるか工房

白獣の君と美味しい初恋始めます

睦《むつ》が営む「めし屋」は、小さな門前町のはずれにある。「めし屋」というのが店の名前かと言われれば、たぶんそうなのだろう。

先代の頃から店の暖簾《のれん》には、ただ「めし屋」と書かれている。

門前町の中心にあるのは土地神を祀《まつ》る神社で、五穀豊穣、無病息災、家内安全と、とにかく何にでもよくご利益《りやく》があると評判があり、参拝客で大いに賑《にぎ》わっていた。

睦の店は神社から離れた町はずれにあったが、美味《うま》くて安いと評判で、二里ほど離れた城下町からも、毎日のように常連客がやってくる。

「ムツ坊。今日のめしは何だい」

「おーいムツ坊。こっちにもう一本つけてくれや」

店は昼から夜更けまで。今日もお客がひっきりなしにやってくる。

「今日は久々に猪肉《ししにく》が入ったんですよ。肉の味噌《みそ》煮込みに菜飯です。お好みでキノコ汁や胡《ご》麻《ま》豆腐も。ヤマイチの親父《おやじ》さん、もうお酒はこの一本で最後ですからね。……あと、坊はやめてください」

店の中には十人ばかり入れるようになっており、外には縁台《えんだい》を二つほど並べてそこでも食べられるようにしている。

他にも、家に持ち帰って食べる客もあり、神社の行事で界隈が忙しくなる時節などは、このあたりの女房たちが次々にやってくることもあった。

料理を作るのから配膳まで、睦が一人で切り盛りしていて、いつでも忙しい。

常連客も心得ているので、前の客が食べ終えた膳《ぜん》を下げたり、自分たちでお茶を注《つ》いだりと手を貸してくれた。

気心の知れた人たちが多いのだが、幼い頃から知っているせいか、大人になった今でも「坊」と呼ばれるのは困りものだ。

「そういや、睦も二十……いや、二十一になるんだったか？　あんなに小さくてやせっぽっちだった坊主《ぼうず》が、早いもんだねえ。どうりでわしらが年を取るはずだよ」

「相変わらず、背丈は豆粒みたいだけどな」

「そんなに小さくありませんっ」

気にしていることを言われて、思わずむきになってしまう。

睦は背が低いし、手足もひょろりとしている。目はつぶらで口が小さくて、まず二十一の、いっぱしの男には見られない。娘と間違われることもあった。

「そんなこと言うと、お酒をつけてあげませんよ」

勘弁してくれよ、と客が泣きまねをして、周りが笑う。そんなところへまた、新しい客が入ってきた。

今日もてんやわんや、町はずれの「めし屋」は繁盛している。

その昔、睦は捨て子だった。

五つの時に親に捨てられて、山中を彷徨《さまよ》っていたのを、通りがかった猟師に拾われたのだ。

実の親が子を捨てるなんて非道な話だが、睦が幼い頃はそれも珍しい光景ではなかった。

というのも当時、この上尾国《かみのおのくに》は大飢饉《だいききん》の最中にあって、領民たちは食べる物がなく、皆が飢えていたからである。

山の中に捨てられた子供は、寒さや飢え、あるいは獣に襲われてまず命は助からない。

けれども睦は幸いにして、猟師に助けられた。みんな食べる物には欠いていた時分だったのに、親切な猟師は見知らぬ迷い子を救ってくれた。

捨てられる前のことや、実の親の顔はほとんど覚えていないのに、猟師が与えてくれた汁の温かさと美味さは、今でも鮮やかに覚えている。

猟師は睦を連れて山を下り、それからどういう話になったのか、睦は町はずれの「めし屋」に引き取られた。

食糧の乏しかった当時のこと、店には客もほとんどいなかったが、初老の亭主は痩《や》せこけた子供を温かく迎えてくれた。

亭主は妻を早くに亡くし、子はなかった。店の奥の狭い座敷が住居で、睦はそこで亭主に育てられた。

養い親は、ただの飯屋の亭主とは思えないほど物知りだった。読み書きができて、畑仕事もよくでき、また山の中にも迷わず分け入ることができる。

睦は彼からいろいろなことを教わった。二人で店の裏の小さな畑を耕し、山で採れるわずかな恵みとで飢饉を乗り切った。

やがて国は少しずつ、豊かさを取り戻した。

雨が降って田畑が潤《うるお》うようになったのと、隣の布佐国《ふさのくに》から、寒さや干ばつに強い作物の苗がもたらされたこと、同じく布佐国の助言により、この上尾国では常食でなかった鳥獣の肉が食べられるようになったからだ。

今、睦が営む「めし屋」でよく出す卵料理も、昔は町人の口には入らなかった。ほうぼうの農家で鶏を飼うようになり、市場にも卵が出回るようになった。

上尾国では、飢饉を助けたのは今のお殿様と土地神様のおかげ、ということになっているが、本当に救ってくれたのは隣の布佐国のご領主だと睦は思っている。

この国のお殿様が、飢饉で助力を請うた時に、隣国のお殿様は快く助けてくれたのだ。周りが飢饉の時も、布佐国は先のような強い苗や知識をもって飢えることがなかったというが、それでもなかなかできることではない。

「布佐国のお殿様は博識で、下々《しもじも》のことをよく考えてくださるお方だからね」

養い親が、どこか誇らしげに言っていた。強い苗が隣国からもたらされたことや、助言を与えられたことを睦に教えてくれたのも彼だ。

そこらの町人の知らないことを、彼はよく知っていた。養い親は、布佐国の出身だった。ともかくも、そうして上尾国は次第に豊かになり、「めし屋」でもさまざまな料理を出せるようになった。飢饉を救ってくれた土地神様に参拝する客が増え、門前町は賑やかに、「めし屋」も大いに繁盛した。

睦は、徐々に客で賑わっていく「めし屋」を手伝いながら大きくなった。料理をするのが好きだったし、お客さんたちと話をするのも楽しかった。

養い親からは、料理が好きなら料理屋に修業に出たらどうかと勧められた。城下町の、お武家様や大店《おおだな》の主人などが出入りするという名店に頼んでみようかと言われたが、断った。そんなかしこまった店より、町はずれの「めし屋」のほうがいい。ゆくゆくは店を継ぎたいと言うと、養い親は嬉《うれ》しそうにしていたっけ。

その養い親は三年前、風邪《かぜ》がもとであっさり亡くなってしまった。

年だったとはいえ、まだまだ元気だったから、突然のことに呆然《ぼうぜん》とした。店を開けられないくらい落ち込んだけれど、「めし屋」の飯を食べたいという常連客の声が、睦を立ち直らせた。

自分を育ててくれた先代の店を続けていきたい。今さら別の店で働こうとは思わないし、この店こそが睦の居場所だった。

以来、店を一人で切り盛りしている。

繁盛しているものの、小さな安い店だから、実入りはそう多くはない。娘や子供に間違えられる若い亭主のところへ嫁に来たいという人もない。

少々わびしくはあるが、それでも睦は今の暮らしに満足していた。

このままずっと、年老いるまで平穏な暮らしが続いていくのだと、ぼんやり想像していたのである。


明日がどうなるかなど、誰にもわからないものだ。

穏やかな日々が突然に変わる時もある。予兆を感じる場合もあれば、何の先ぶれもなしに、途方もない出来事が起こることもある。

どうして自分は、ずっと平穏な一生が続くなどと思っていたのだろう。

当時を振り返って睦は、己の考えを不思議にさえ思う。

その日、その夜、「めし屋」はずいぶん遅くまで暖簾を出したままだった。

常連客の一人が女房に逃げられて、酒を飲んで長いこと管《くだ》を巻いていたからだ。やけ酒に付き合っていた仲間がなだめすかして、ようやく帰ってくれた。

「遅くまですまねえな、ムツ坊」

仲間の一人がお代を払いながら、軽く手を合わせた。睦は苦笑する。

「いいえ。そちらもご苦労様ですね」

店の外では仲間たちが、酔っ払いを誰の家に泊めるか相談している。仲間がいなければ店に泊めなければいけないところだったから、助かった。

「お帰りは気をつけてくださいね。最近は物騒な人たちもいるから」

「ああ、そういやあそうだな」

睦の忠告に思い出したように、客が顔をしかめた。

「お前さんところも、早いとこ暖簾をしまった方がいい。長居した俺らが言うことじゃないが。またいつ何時、ゴロツキどもが現れるとも限らないからな」

睦はその忠告に従って、客たちを見送ると、すぐに暖簾をしまった。

店の戸を閉めると、しんばり棒でしっかりと戸締りをする。まさか、こんな飯屋に押し入る者もいないと思うが、先日のことを思い出すと怖くなった。

あれはもう、ひと月も前のことだろうか。この店にゴロツキが現れた。

といっても昼間の出来事だ。風体の悪い連中が四、五人。腰に刀を差した、浪人風の男たちだった。

上尾国の領内は飢饉が去った後、豊かになり、この門前町もずいぶん繁盛するようになった。しかし、そのぶんこうした、風体の悪い輩《やから》も混じるようになった。

店に来た男たちも、近頃この辺りで見かけるようになったゴロツキで、他の店でもたびたび騒ぎを起こしていた。

彼らは店に来た時からすでにへべれけに酔っていた。ろれつの回らない口調で横柄に酒と飯を出せと言う。

追い返してやりたかったが、刀を差した相手に歯向かうと、厄介なことになりかねない。黙って言うとおりにした。

ところが男たちは、店の亭主が子供のようなひょろっとした若者だと知るや、ねちねちと睦に絡《から》んできた。

酌をしろと言われて応じれば、やれ礼儀がなっていないだの、酒がまずいだのと文句を言う。挙句、こちらの容姿を娘のようだと笑い、

「本当は娘ではないのか？　男かどうか確かめてやる」

と、睦を地べたに押し付けて着物を剝《は》ごうとした。酒に濁った目はねっとりとして、絡みつくように睦の身体《からだ》を見ていた。

周りにいた客たちも、どうにか男たちを取り成そうとしたけれど、そのたびに腰の得物《えもの》で脅されて近づけなかった。

そのまま、誰の助けもなかったら、睦は男たちの手で辱《はずかし》めを受けていたかもしれない。

その時、一人の侍が颯爽《さっそう》と店に現れて、睦を助けてくれた。

「痴《し》れ者《もの》が。子供相手に何をしている」

低いがよく通る声音で言い、無頼の者たちをいさめた。睦は子供ではないのだが、そんなことはどうでもよくなるくらい、凛《りん》とした姿だった。

その時、侍は編み笠をかぶっていて、顔はよく見えなかったが、しかし、見上げるような長軀《ちょうく》はゴロツキを怯《ひる》ませるほど迫力があり、それでいてすらりとして形《なり》がよく、立ち姿は役者のように華があった。

しかも、めっぽう強い。店の中では迷惑になるからと、外へ出た侍に、ゴロツキたちは気《け》色《しき》ばんですぐさま刀を抜いたが、侍はひらりと刀をかわし、体術だけで男たちをのしてしまった。

ゴロツキたちはほうほうのていで去っていき、それを見ていた店の客や野次馬は、侍に喝《かっ》采《さい》を送った。

「ありがとうございました。おかげさまで助かりました」

睦が深々と頭を下げて礼を言い、この店の亭主だと名乗ると、侍は編み笠の奥から驚いたように目を瞠《みは》った。きっと、睦のことを店の手伝いだと思っていたのだろう。

「たまたま通りがかったら、騒ぎが聞こえたのでな」

そのまま立ち去ろうとする侍を押しとどめ、せめてものお礼に店の飯を食べていってもらえないかと頼み込んだ。

侍ははじめのうちは戸惑い、渋っていたが、睦があまりに食い下がるのと、周りの人々も「ここの飯は美味いですよ」と勧めるので、仕方なく店の奥の席に腰を下ろした。

そこでようやくかぶっていた編み笠を外したのだが、その風貌《ふうぼう》を間近で見た睦は思わず息を呑《の》んで見惚《みと》れてしまった。

立ち姿もさることながら、その顔立ちもため息の出る美しさだった。

年は睦より、十ほど上だろうか。男らしく精悍《せいかん》な造作ながら、どきりとするような艶《つや》がある。それでいて、ただの武士とは思えない気品があり、いったいこのお方は何者なのだろうと、不思議に思った。

浮世離れした美貌《びぼう》に呑まれながらも、膳を運んだ睦だったが、そこで遅まきながら気づく。

こんな身分の高そうな方に、町人が食べる安飯を出すなんて失礼だったのではないか。

「あの、粗末な物ですので、無理にとは……」

今さらにうろたえたが、侍はじっと皿の上に視線を落とし、料理を観察していたかと思うと、礼儀正しく手を合わせて箸《はし》を取った。

上品な所作で、あっという間に飯を平らげる。そしてまた丁寧に手を合わせ、立ち上がった。

「美味かった。馳走《ちそう》になったな」

勘定を頼むというので、慌てて首を横に振った。それから深々と腰を折って頭を下げる。

「まさか、お代をいただくわけには。……誠に失礼を致しました」

「失礼とは？」

「助けていただいたお礼のつもりでしたが、お武家様のような身分のあるお方にうちのような安い膳を出すなんて、失礼だったのではないかと……」

相済みません、と重ねて頭を下げると、侍はなぜかおかしそうにふっと笑った。

「いいや。飯は本当に美味かった。また食いたいものだ。次は客として来よう」

その言葉に顔を上げると、侍は目元を優しく和ませていた。その柔らかな表情に、睦はどぎまぎしてしまう。

悪漢から救ってくれたばかりか、うちの料理を美味《おい》しいと言ってくれた。侍なんて威張っているばかりだと思っていたのに、なんて優しい人だろう。

睦はすっかり感激して、その侍の姿が見えなくなるまで見送った。

それからひと月、侍が店を訪れることはなかったが、彼のことは折りに触れて思い返していた。

「また、来てくださらないかなあ」

店の火元を確認しながら、睦はうっとりつぶやく。あれから料理の仕込みをする時は、ついお侍のことを考えてしまう。彼に食べてもらいたい。どんな食べ物が好みだろうと想像を

巡らせるのだ。

まるで恋でもしたようで、「いやいや、まさか」と、一人でかぶりを振った。

よほど身分の高い人に違いないから、そうたびたびこんな町はずれに来ることはないだろう。

睦に絡んだ酔っ払いのゴロツキたちはその後、別の店でも悪さをして、とうとう奉行所に引っ立てられたそうだ。彼らの報復を恐れていたのだが、その心配もなくなった。

おかげでこのところは、平穏な日々が続いている。

睦は火の始末を済ませると、店の奥にある座敷へ引っ込んだ。今日は店じまいが遅くなってしまったが、明日も早い。

さっさと寝てしまおう、と布団を敷いて横になった。

明日の料理のことを考えながら、うとうとしかけた時だった。

どこかでガタッと大きな物音がして目が覚めた。障子の向こうは縁側で、雨戸一枚隔てた外は裏庭である。納屋と、小さな畑があるばかりだ。

庭といってもなんの境もなく、その先は山に繋《つな》がる小道になっていて、誰かが訪ねてくる時はたいてい、店の入り口からやってきた。

(なんだろう……)

気のせいだと思いたい。布団の中で息をひそめていると、再び外で物音が聞こえた。何かを引きずる音と、ぜいぜいという荒い息遣い。

外に何かいる。脈が速くなり、手足が汗でじっとりと湿った。

人か、獣か。息遣いからして、狸《たぬき》や兎《うさぎ》といった小さな獣ではなさそうだった。山の中には熊《くま》もいるが、こんな町のほうまで出てくることはまずない。

(押し込み？)

夜盗のたぐいだとしても、入るならもっと裕福な商家に押し入るだろう。

物音の正体がわからず、雨戸を開けて確かめるのも恐ろしくて、睦はしばらく布団の中で縮こまっていた。

そのまま半刻《はんとき》ほど経《た》ったが、気配はするものの、それが中に入ってくることはない。最初は何か地べたを引きずる音がしていたのに、今は静かだった。

睦はソロソロと布団から這《は》い出て、足音を立てないように店の方へ回った。台所で包丁を手にすると、静かにしんばり棒を外して店を出る。

月には雲がかかっていて、外は真っ暗だった。それでも慣れた自分の店のこと、用心しながら足を忍ばせ、ぐるりと店の裏手へ回った。

物の陰から、そっと首を出して裏庭を窺《うかが》う。その時、さあっと風が吹いて月が現れた。

月明かりの中、雨戸が閉まった家の前に大きな塊が見えて、あっと声を上げそうになった。

人ではない。熊だろうか。昔、養い親と山に入った時に一度だけ、遠くに見かけたことがある。立ち上がると、この家の軒より大きいのだと教えられたが、目の前の塊はそれよりさらに大きく見えた。

胸が痛むくらい、鼓動が速くなった。大きな獣が相手では、手にした包丁など何の意味もない。

（しかも、手負いだ……）

先ほど風が吹いた時、ツン、と金臭《かな》いにおいが鼻をついた。あの塊は傷ついている。手負いの獣はよりいっそう厄介だ。

逃げよう、と足を後ろに半歩出した時、塊が突然「グウッ」と低い唸《うな》り声をあげた。睦はびっくりして、その場に尻餅《しりもち》をついてしまった。

「わ、あ……」

もうだめだ。見つかってしまった。恐怖で身体が動かなくなる。震える睦の前で、また獣が低く唸った。

『……亭主』

それは、人の言葉のように聞こえた。低い男の声だ。気のせいかと思ったが、今度は明《めい》瞭《りょう》に聞こえた。

『驚かせてすまぬ。だが私は、人を襲ったりはしない』

「……物《もの》の怪《け》？　どうしてうちに？」

獣のようで言葉を話すのだから、物の怪、妖《あやか》しのたぐいだろうか。人ではないだろう。月明かりの下に見える塊は、全体がふさふさとした白い毛に覆われていた。

『……すまないが、水を一杯もらえないだろうか。すぐに立ち去るゆえ』

睦の問いには答えず、塊は言葉を続けた。合間にゼイゼイと苦しそうな息遣いが聞こえる。

異形の巨体は恐ろしかったが、振り絞るような声で頼まれて、放っておけなくなった。

すぐさま店に引き返し、手桶《ておけ》と柄杓《ひしゃく》を取ってきた。その際にわずかに迷い、包丁を置いていく。

「水です」

毛むくじゃらの塊の前に、そっと手桶を差し出す。巨体は辛《つら》そうに身を起こしたが、うまく水が飲めないようだった。睦は柄杓で水をすくうと、ゼイゼイと声の聞こえる獣の口元あたりにそれを運んだ。

『かたじけない』

侍のような言葉遣いで獣は言い、ごくごくとうまそうに水を飲んだ。睦は何度も桶から水を掬《すく》い、獣に与えてやった。

『ひとごこちついた。夜分遅く、世話になったな』

ひとしきり水を飲んだ後、獣は言ったが、いっこうに動く気配がない。もしや、動けないほど怪我《けが》がひどいのだろうか。

『すまない。すぐにでも立ち去りたいのだが……』

心苦しそうな声音に、怖いよりも気の毒になった。

「いいえ。あの、血の匂いがしたのですが、どこか怪我をされているのですか」

相手は獣だが、何とはなしに丁寧な口調で言った。

対する者を恭《うやうや》しい気持ちにさせる何かが、この獣にはある。彼は肯定するように「グウ」と唸り、『命にかかわるほどではない』と答える。

『しかし、怪我で血を失ったのと、山を越えてここまでくる間、飲まず食わずでな。腹が減って動けんのだ。亭主、重ね重ね心苦しいが、何か食べる物を分けてもらえないだろうか。握り飯一つでもいいのだ』

物の怪も握り飯を食べるのか。しかもどうやら、何かから逃げてきたらしい。放っておけず、「少しお待ちください」と再び店に引き返そうとした。そんな睦を、『亭主』と、獣が呼び止める。

『ついでと言ってはなんだが、家の中へ入れてもらえまいか。傷口に夜風が当たって、どうにも痛む』

睦は困惑した。物の怪を家の中に入れるのは恐ろしいし、そもそもこんな巨体を奥座敷に入れたら、睦のいる場所がなくなってしまう。

しかし、獣はさらに懇願する。

『頼む。ほんの一時《いっとき》でいいのだ。部屋の隅で大人《おとな》しくしている……ううっ、傷がっ』

いささか芝居がかって聞こえなくもないが、手負いなのは確かだ。裏手とはいえ、店の外に居座られても困るし、睦もこのままでは気になって眠れない。

「わかりました。そこに納屋があるので、そちらでお休みください。今、中に場所を用意しますから」

畑の脇に、古い納屋がある。農具のほかに、野菜や保存食、古くなった鍋や茶わんなどをしまってある場所だ。養い親がここに住み始めた当初は馬小屋だったそうで、この巨体でも収まりそうだった。

睦は明かりを持って納屋へ行き、ざっと中のものを片付けた。異形の者を呼ぼうと外に出ると、もう彼は戸口のそばまで来ていた。

明かりの下で、その姿が露《あら》わになる。睦は驚いて大きく目を瞠った。

それは、雪のように真っ白な大犬だった。瞳は不思議な金色をしていて、明かりに照らされてキラキラと煌《きら》めいている。異形というにはあまりに美しく、神々しくさえあった。

とはいえ、物の怪、妖しのたぐいではあるのだろう。大熊ほどの巨体に人語を解する犬などいるはずがない。

「奥にどうぞ」

『うむ。すまんな』

大犬はのっそりと戸をくぐって奥へと入った。納屋の端に巨体を横たえ、丸くなる。右の後ろ足の部分が、べっとりと血で濡《ぬ》れていた。

それから睦は忙しかった。店の厨房で火を起こすと、残り物を鍋に入れて雑炊を作った。残り物といっても、葉物や芋《いも》、それに猪肉がたっぷり入っている。雑炊を煮る間に、裏庭の井戸でたらいと手桶いっぱいに水を汲《く》んだ。

大犬の飲み水と、傷を洗い流すためだ。手当てのための古布とともに、えっちらおっちら水を運ぶ。納屋に入って大犬の様子を目にするなり、「えっ」と思わず声を上げてしまった。

巨体がいつのまにか、小さくなっている。納屋に入った時は確かに、大きな熊ほどあったところが今は、仔牛《こうし》くらいの身の丈に変わっている。

『元の大きさだと、いささか窮屈だったのでな』

恐る恐る近づく睦に、大犬はそう説明をした。

睦が傷の手当てを申し出ると、『世話をかける』と、軽く頭を下げる。

『申し遅れたが、私は不知火丸《しらぬいまる》という。このとおり、ただの犬ではないが、人に害は与えぬので安心してくれ』

物の怪から安心しろ、と言われても、すぐに信用することはできないが、口調や仕草が妙に人間臭く、最初に感じた恐ろしさはすっかり消えていた。

先ほどはあまりの巨体に気づかなかったが、不知火丸と名乗る物の怪の首には、組み紐《ひも》が巻かれていた。

何色もの糸で細かく編まれ、房には彼の瞳と同じ金色の玉石が付いている、見事な意匠だった。艶やかな銀の被毛といい、高貴な雰囲気を醸していて、並の物の怪とは思えない。

山の向こうから逃げてきた、と不知火丸は言っていた。

山の向こう側は隣国、布佐国である。隣の国の物の怪がこちらに逃げてきたのか、それにはどういう事情があるのか、不知火丸は語らなかった。

睦も手負いの物の怪にあれこれ話しかけることをためらい、その夜は傷の手当てをし、水と食事を与えるだけにとどめておいた。

睦が作った雑炊を、不知火丸は美味い美味いと言って食べた。

『さすがだな。ただの雑炊がこんなに美味いとは』

手放しに褒められて、悪い気はしない。

「うちをご存《ぞん》じだったのですか」

鍋に鼻先を突っ込むようにして、夢中で食べていた不知火丸は、睦が尋《たず》ねるとはたと我に返ったように食べるのを止《や》めた。

『ん？　うん、まあ……存じているというか』

はっきりしない。それからごまかすように、

『この猪肉は臭みがないな。捌《さば》いた者の腕がいいのだろう』

などと、物の怪のくせにしたり顔で批評を始めたので、睦も聞かないでおいた。

そうこうしているうちに、空はもう白みかけていた。さすがに眠い。少しでも寝ておかないと、一日辛いだろう。

「それじゃあ、俺はこれで下がります。朝の仕込みが終わったら、また食事を持ってきますから。それまで大人しく休んでいてくださいね」

空《から》になった鍋を持って立ち上がる。不知火丸は、申し訳なさそうに再び頭を下げた。

『亭主。何から何まで、すまない』

そこで睦は、自分はまだ名を告げていなかったのを思い出した。

「睦と申します」

不知火丸は、『愛らしい名だな』と、女でも口説《くど》くようなことを言った。

(おかしな物の怪だな)

いったい、何者なのだろう。もう恐ろしくはないが、得体が知れないのに変わりはない。

とはいえ睦は、根掘り葉掘りその正体を尋ねるつもりはなかった。

本人も「一時だけ」と言っていたし、すぐにいなくなるだろうと思っていたからだ。

その日、睦は少しだけ眠った後、いつものように朝の仕込みをした。それから不知火丸に食事を出し、傷に巻いた布を交換して店を開けた。

他にも、店の裏にあった不知火丸の血の跡を掃除したり、あれやこれや忙しく、ろくに眠っていないせいもあって、一日を終える頃にはクタクタになっていた。

眠い目を擦《こす》りつつ、夕飯の鍋を持って納屋へ行く。不知火丸は朝と同じように納屋の奥で丸くなっていた。

「不知火丸様。夕ご飯ですよ」

今晩も雑炊だが、近くの農家から仕入れた鶏肉を入れて、滋味《じみ》たっぷりだった。

睦も食事がまだだったので、お椀に自分の分をよそい、あとは不知火丸に差し出す。鍋に口を付けるなり、銀毛の大犬は『うむむ……』と、大袈裟《おおげさ》な声を上げた。

『美味い。鶏の滋味がよく出ておる。出汁《だし》の染みた大根が鶏の油分をまとって、なんともまろやかではないか』

喋《しゃべ》る合間にはぐはぐと鍋の中身を平らげる。まるで食通のようだ。不知火丸の隣で、睦は自分のお椀に盛った雑炊を食べた。

『今宵も馳走になった』

鍋が空になると、口の周りについた食べかすを前足で丁寧に拭《ぬぐ》って、不知火丸は会釈をするように軽く頭を下げた。

それを見ながら睦は、うちの店に来る客の中で、この物の怪、妖しがまず間違いなく一番上品で行儀がいいだろうと思った。あの美貌の侍を除けばだが。

『傷の血も止まったし、血と共に出て行った妖力も、美味い飯のおかげで少しずつ回復している。……元の姿に戻るにはまだかかるだろうが』

最後の言葉は、独り言のように小さなつぶやきだったが、隣の睦には聞こえた。すると不知火丸の本来の姿というのは、この大犬の姿とは異なるらしい。

ともあれ睦は、不知火丸が暇《いとま》を告げようとしているのだと思っていた。すでに一日、軒を貸していて、『一時』というには十分だろう。

「それは良かったです。こんな藁《わら》も敷かない納屋では、寝心地が悪かったでしょうが」

睦が言うと、不知火丸はこくりとうなずいた。

『うん、私が言いたいのは、まさにそのことだ。やはり、冷たい土の上というのは寝心地が悪くてな』

金色の瞳が、チラッチラッと、こちらを窺い見る。睦は「はあ」と、生返事をした。

『布団とは言わんが、せめて板間の上で眠りたい。今夜から、母屋《おもや》に寝かせてもらえないだろうか』

「ええーっ」

思わず困惑の声を上げてしまった。

「うちは飯屋ですから、犬を座敷に上げるのは……」

『私は犬の格好《かっこう》をしているがただの犬ではない。普通の犬が喋るか？』

偉そうに言い返されたが、言い訳になっていない。

「あなたが何者なのか、俺にはわかりませんよ。だいたい不知火丸様、ほんの一時だけって言っていたじゃありませんか」

『む……』

不知火丸は呻《うめ》き、気を紛らわすためか、前足で鼻先をカシカシと掻《か》いた。考えあぐねるように視線をうろつかせてから、やがて意を決したように前足を二本、睦の前に揃《そろ》える。その上に頭を乗せた。

『頼む、しばらく私をここに置いてほしい。ここというか、母屋にだが』

もしやそれは、土下座だろうか。

『迷惑はかけない。そなたの居室の隅っこで、小さくなっている。些末《さまつ》ではあるが、宿代と朝夕の飯代もちゃんと払おう。……それにそう、私は用心棒にもなるぞ。最近はこの町も、いささか物騒になってきた。酔っ払いやゴロツキどもから、そなたを守ってやろうと思うが、いかがか』

隣の国の物の怪がなぜ、この町の事情に通じているのかわからないが、酔っ払いやゴロツキと聞いて、先日の一件を思い出した。

「うーん、番犬ですか」

『そう呼ばれるのは甚《はなは》だ不本意ではあるが、居候《いそうろう》の身で贅沢《ぜいたく》は言ってられんな。甘んじて受けよう。そうだ、番犬として働くと言っている』

「確かに不知火丸様なら、そこらのゴロツキよりよほど強そうですね」

睦の言葉に、不知火丸は『うむ』と大きくうなずく。

「でも、遠慮しておきます」

『なにっ！　なぜだっ？』

大きく開いた犬の口から、ガウッと咆哮《ほうこう》が漏れる。

「失礼ですけど、こんな大犬が店にいたら、普通の客も怖がって寄り付かなくなりますよ。それに俺が寝起きしている座敷は、かなり狭いんです。あなたが寝そべっていたら、俺の布団を敷く場所がなくなってしまいます」

不知火丸は口を開けたままで、呆然としているのがわかる。犬なのに、表情が豊かだ。睦もちょっと気の毒になった。

気位《きぐらい》の高そうなこの物の怪が頭を下げているのだから、よほど困っているのだろう。

店は無理だが、この納屋なら貸してもいいかな、と考えた。土の上に寝るのが辛いというなら、乾いた藁をたっぷり敷くのはどうだろう。

そこまで考えて提案しようとしたのだが、我に返った不知火丸がそれより先に『大きさが問題か……』とつぶやいた。

『では、これならばどうだ』

言って、ぶるぶるっと犬が水を払う時のように身を震わせた。すると、仔牛ほどもあった犬の身体が、みるみる小さくなる。

あっという間に、不知火丸の姿はコロコロとした子犬に変わっていた。大きさも、猫よりやや大きいくらいだ。

『どうだ？　これくらいなら邪魔になるまい』

口調だけはもとのまま、子犬らしくつぶらな瞳で睦を見上げ、小首を傾《かし》げてみせる。「キューン」と子犬から、懇願するような、甘えるような鳴き声が漏れた。

「ず、ずるい」

実にあざとい。だが、可愛い。

「……わかりました。わかりましたよ」

負けた、と睦は思った。子犬がパタパタと尻尾《しっぽ》を振り、「ワンッ」と小さく鳴く。

こうして不知火丸は、睦の家の居候となった。

居候、というのは、きちんと家賃をくれた不知火丸に失礼かもしれない。かといって、店子《たなこ》と大家、というほど睦の家は立派ではない。

『これは、当座の家賃と飯代だ』

居候となった翌日の晩、不知火丸がそう言って前足ですっと睦の前に滑らせたのは、数枚の小判だった。

その日は、いつもより早く店を閉めていた。

座敷の隅に古いざるを置き、そこに睦の冬用の半纏《はんてん》を敷いて寝床を作り、不知火丸は一日、その上で大人しくしていた。

朝ご飯も美味しそうに食べて、それきりキャンともワンとも鳴かずにじっとしていたのだが、睦のほうは座敷の物の怪がお客に見つかったらと、店を開けている間、気が気ではなかった。

気疲れしてしまい、また連日の寝不足もあったので、夕方、客足が途絶えたのを機に店じまいしたのである。

夕飯は塩焼きした川魚の身をほぐし、塩を振った青菜と一緒に飯に混ぜた菜飯と、店の残りの煮物と味噌汁だ。それらを座敷に運んで、二人で食事を摂る。

不知火丸は、子犬になっても大犬の時と変わらず、よく食べた。仕入れの金が嵩《かさ》みそうだ。

そんな睦の胸中を察したのかどうか。食後に、飯椀に注いだお茶を所望した後、どこからともなく小判を数枚出してきて、睦に差し出したのである。

本当に、どこから出したのだろう。自在に長さの変わる組み紐といい、妖しだけに不思議が多い。

それはともかく、唐突に大金を渡されて睦は慌てた。

「いくらなんでも、こんなにいただけません」

小判なんて、目にするのも久々だ。それが数枚まとまっていると、恐ろしくさえ感じる。

『あって困るものではなかろう。この身はよく食べるし、犬一匹養うとなると何かと物入りだ。座布団とか、座布団だとか……とにかく、そういったものも新調せねばなるまい』

「座布団がほしいんですね」

睦が言うと、子犬は気まずそうに頭をもたげ、ちらりとざるの上の半纏を見た。

確かに、半纏はくたびれて薄くなっている。そろそろ中の綿を打ち直さねばならないと思っていた。座布団は今、睦が下に敷いている薄っぺらい一枚しかない。

しかしこの物の怪、だんだんと図々《ずうずう》しくなっている気がする。昨日は板間でいいとか言っていたくせに。

それでも、大きさを気にして子犬の姿になってみたり、きちんと金を支払うのが奥ゆかしいというか、どうにも憎みきれないところだ。

「わかりました。店があるので、すぐ明日にというわけにはいきませんが、座布団を用意します。お金はこの一枚だけ、いただいておきます」

『一枚と言わずぜんぶ受け取ってくれ。遠慮はいらん。手間賃だ』

不知火丸にしてみれば、相応の支払いだというつもりで言ったのだろうが、『手間賃』と言われて睦はいささかムッとした。

「手間賃など結構です」

『結構ということはないだろう』

子犬がむっちりした前足で小判を前に出すのを、睦は即座に手で押し返した。

「いりません。お金の問題ではないんですよ。得体の知れない物の怪をうちに置いて、眠る時間を削って食事の世話やら傷の手当てをするのは、好意でやってるんですから」

こっちは最初、物の怪に食べられるのではないかと、命の危険さえ感じていたのだ。傷ついて気の毒だったから、手当てをしたし軒を貸した。

それを、手間賃で片付けられたらたまらない。金を払ってやるからもっともてなせ、と言われたようでやるせない。チクチクと嫌味を言ってやった。

睦が怒るとは思っていなかったのだろう。子犬はわずかに目を瞠ってから、ぺたりと耳を伏せた。

『すまない。そなたの気持ちを蔑《ないがし》ろにするつもりはなかった。せめてもの礼をしたかったのだ』

クン、と小さな声が子犬の鼻から漏れて、睦も言いすぎたと反省した。この物の怪が、常に上から物を言う態度なのは、尊い身分だからかもしれない。

「俺も言いすぎました。すみません。でもそういうことなら、なおさら気にしないでください。困った人に手を差し伸べるのは当たり前のことです。まあ人というか、不知火丸様は物の怪ですけどね」

『半妖だ』

不知火丸が答えた。小判を一枚残して、あとは自分の足の下にしまう。ポンポンと肉球で叩くと、小判はすうっと煙のように消えた。

『母が妖しで、父は人だ。ゆえに私は半分、人の子なのだ』

その姿に人を表すものは見受けられないが、本人が言うのだからそうなのだろう。こんなことで嘘をついても仕方がない。

『詳しいことは話せないが、私は隣国、布佐国の者だ。悪を目論《もくろ》む勢力から命を狙われ、山を越えてこの国に逃げてきた』

それを聞いて、睦は思わず不知火丸の右足を見た。先ほど新しい布を巻きなおしたその足には、大きな獣の爪《つめ》で引き裂いたような、深い傷跡があった。

不知火丸は、もとは熊のような巨体だ。それを相手にここまで深手を負わせる妖しとは、どのような存在なのか。

そして、この門前町の向こうにある山を越えれば、確かに隣国へたどり着けるが、その山道は深く険しい。

睦もたまに食材を求めて山へ行くし、猟師や木地師《きじし》たちも山を生業《なりわい》の場としている。そんな地の利のある彼らからしても、山を越えるのはそうなまなかなことではないらしい。

もっともそうだからして、南のなだらかな土地に街道と関所があるのだろう。そんな険しい山を、不知火丸は傷を負いながら必死で逃げてきたのだ。

睦は目の前の子犬を痛ましく思ったのだが、沈黙は別の意味に取られてしまったらしい。

『怯《おび》えさせてしまったかな。すまん』

子犬が言って、やはり耳をぺたりと寝かせた。

『私が山から隣国へ逃げたことは、追手もまだ気づいていないだろう。敵はまだ、私が布佐国にいると思っているはずだ。私はまた国元に戻らねばならないが、傷が癒え力が戻らぬうちは容易に動けん。もうしばらく、ここに置いてはくれまいか』

隣国の追手と聞いて、睦が怖気《おじけ》づいたり厄介ごとを嫌って、不知火丸を追い出すと思ったのかもしれない。

物の怪同士の争いごとなど、確かに厄介だし恐ろしい。しかし、睦は不知火丸を見捨てる気にはなれなかった。

半妖だという彼は、その気になれば鋭い牙と爪で睦を脅すこともできるはずだ。そんなことはしないし、むしろ現れた時からずっと、睦を怖がらせないように気を遣っている。

居候をする厄介賃を差し出したり、金の問題じゃないと睦に叱られてしゅんとなったりと、可愛らしいところもある。

悪い人ではないと、睦は判断した。人というか、半妖だが。

「いえ、怯えているわけではありません。そういう事情があるのでしたら、傷が癒えるまでと言わず、いつまでもいてください」

『まことか？』

ピン、と寝ていた耳が立つ。この物の怪は本当に表情が豊かだし、感情がわかりやすい。睦はクスッと笑った。

「困った時はお互い様、情けは人のためならずと申します。俺も昔、この店の先代の亭主に命を助けられました。今度は俺が誰かのために働く番だと思います」

その昔、睦は養い親に、なぜ自分を引き取ったのか、と尋ねたことがある。飢饉の時に子供を引き取るなど、面倒どころか己の身さえ危ういというのに、何を思って見ず知らずの子を助けたのか。

——どうしてだろうなあ。

養い親は、自分でもよくわからない、というように笑っていた。ただ、そういう巡り合わせだったのだろうと言う。

それでは、不知火丸が睦の店に現れたのも、きっと巡り合わせだったのだろう。

「そのかわり、傷がすっかり癒えたら、ちゃんと番犬をしてもらいますけどね。世の中持ちつ持たれつ、とも申しますし」

睦が相手を気づまりにさせないように、軽い口調で言うと、不知火丸は静かにこうべを垂れた。

『――礼を言う。傷が癒えたあかつきには、誠心誠意、用心棒を務めよう』

それから再びこうべを上げて、パタパタと尻尾を振った。

『するとこれから当分の間、美味い飯を食えるのだな』

今しがた食事を終えたばかりだというのに、まったく食いしんぼうだ。

「布佐にだって、美味しいものはあるでしょう。あちらには海のものもありますし。それとも、物の怪の世界では人と食事が違うのでしょうか」

『いや、私の食事は人と変わらん。むろん、布佐にも美味いものはある。が、そなたの作る料理はただ舌を喜ばせるだけではない。滋養にあふれ、身も心も温かくなるのだ。御殿の食事より、睦の料理のほうが美味い』

不知火丸の言う御殿、とやらがどういうものか知らないが、睦が見たことのないようなご馳走が出てくるのだろう。それより美味いという。料理人冥利《みょうり》に尽きるではないか。

「ありがとうございます。料理は養父、先代の亭主から教わりましたが、自分でもいろいろと試行錯誤してるんです。そう言っていただけると、『めし屋』を営んでいる甲斐《かい》があります」

『……そうか。先代も、あの世で喜んでいるだろう。睦がそう言うと、不知火丸は視線を遠くへ向けた。

先代はもう亡くなったのだったな』

遠くをあおぐ口調だった。

「養父とお知り合いでしたか？」

物の怪と知り合いだなんて、生前聞いたことはなかったが、そういえば養い親も布佐国の出身だった。

『いや……』

不知火丸は、なんと説明したものか、考えるように首を傾げる。

『知り合いの知り合い、といったところだな。直《じか》に会《お》うたことはない。ただ、布佐の者がゆえあって国を出て、この辺りで飯屋を営んでいるとは聞き及んでいた。それで以前、この辺りに来たこともある』

そうだったのか、と睦も合点がいった。昨日、不知火丸がこの近辺の事情を知っているような口ぶりだったが、実際に足を運んだことがあるからなのだ。

大犬が出たという噂《うわさ》はないから、この子犬の姿でうろついていたのだろうか。

それにしても、直接面識はなくとも、不知火丸が養い親を知っていたのには驚いた。

とはいえ、不知火丸も直接の知り合いではないそうで、それ以上、養い親の話が口に上ることはなかった。

睦は、不知火丸からもらった小判をこわごわ手ぬぐいに包んで、押し入れの行李《こうり》の底にしまい、その日は床についた。

不知火丸の出した小判は、消えたり木の葉に変わったりすることもなく、睦はそれから数日後、仕入れで半日店を閉める日に、城下町まで足を延ばして座布団を買った。

門前町にも座布団を売る店はあるのだが、顔なじみの多い界隈で金ぴかの小判を使ったら、何事があったのかと噂になりかねない。

それに、こんなことでもなければ、ご城下へ赴く機会もない。早めに仕入れを済ませると、座布団を買うついでに、久々に城下町を歩いて回った。

門前町も賑わいがあるが、城下町はさらに大きく活気がある。店が数多く軒を連ね、門前町には少ない振り売りもよく見かけた。人が多いから、なにを商いにしてもよく儲《もう》かるのだろう。

賑やかな通りを物珍しく眺め歩きつつ、いい時代になったものだなあと、年寄りじみたことを思う。

睦が幼い頃、養い親に連れられて初めて訪れた城下町は、飢饉のさ中、商いも廃《すた》れて閑散としていた。睦が生まれた農村部では死人がゴロゴロしていたから、それよりはいくぶんましだったたというだけだ。

今は大店が並び、道には若い者から年寄りまでせわしく行きかい、その端には大道芸人までいる。自由な時代になった。

睦は店の一つに入り、座布団を一枚、買い上げた。不知火丸にふさわしい、質のいい木綿わたの詰まった、分厚くふかふかの御座布団だ。

それでいささか、店の者には怪しまれてしまった。

無理もない。背中には仕入れのための背負子《しょいこ》を負い、古びた木綿の着物を着た若者が小判を出して、およそふさわしくない、高価な品物を買ったのだ。

店の手代《てだい》が小判をジロジロと検分するのにひやりとしたが、どうにか座布団を買えた。油紙に包んで、財布と一緒に懐《ふところ》に押し抱く。釣銭《つりせん》のおかげで財布がずしりと重い。

さあ早く帰ろう、と歩き出したところに、道の端に読売《よみうり》が立って声を張り上げているのが目に留まった。

読売にもいろいろいるけれど、これは香具師《やし》や物売りのように、身振り手振りを交え、周囲に大声で刷り物の中身を読み聞かせていた。

睦も養い親に習って、読み書きそろばんはできるが、この手の読み物は下世話な噂話や流言飛語も多いので、あまり興味がない。

通り過ぎようと足を速めたその時、気になる言葉が耳に入った。

「――隣国、布佐国が城内にて、ご領主が物の怪に襲われし候《そうろう》。物の怪は大熊がごとき犬にて、家来みな主《あるじ》を守らんとすれども……」

布佐国と大犬の物の怪。単なる偶然の一致とは思えない。睦は読売を買うと、道の端に寄ってざっと文字を追った。

それによればある夜、布佐国の城主、黒柄戸部大輔芳智《くろえこぶのたいふよしとも》の寝所に突如、大犬が現れ、城主を襲ったという。

黒柄の殿様はすぐさま床の刀を持って立ち向かい、家来たちも総出で主を守らんとしたが、大犬の獰猛《どうもう》な牙と爪によって、家来たちは次々に命を落とした。

物の怪が城主に襲い掛からんとしたその時、窮地を助けたのが比延《ひえん》という僧侶である。比延上人《しょうにん》が経を唱えると、大犬はたちまちのうちに逃げていったという。読売は、この僧侶を褒め称《たた》えていた。

比延とは何者なのか、どうして僧侶が城に出入りしているのか、そのあたりの詳しいことは書かれていない。

(不知火丸様……)

読売に描かれた大犬は全身毛むくじゃらに目がぎょろりとした、おどろおどろしい姿をしているが、墨で描かれているので毛の色まではわからない。

ただ、布佐国に出た大犬の物の怪が、不知火丸と無関係とは思えなかった。

しかし、睦の知る彼は、むやみに人を襲う相手ではない。仮にこの読売の中身が本当に起こったことだとしても、何か理由があるはずだ。

睦はともかく、家路を急ぐことにした。

家に戻ると、子犬は縁側に丸まって日向《ひなた》ぼっこをしていた。不知火丸が来てからは日中、座敷の障子を開け放して、裏庭と座敷を自由に行き来できるようにしてあるが、彼はもっぱら、この縁側で日がな一日ウトウトしているようだった。

日向で寝るのは猫ばかりだと思っていたが、犬もお日様の下では丸くなるらしい。その穏やかな姿を見て、ほっこりした気持ちになる。

「不知火丸様、座布団を買ってきましたよ」

声をかけると、起きていたのだろう、すっと頭を上げた。

『ありがたい。造作をかけたな』

睦は油紙の包みを解いて、座布団を縁側に出してやった。

不知火丸はそれを前足で軽く踏み踏み、『良い品だな』と満足そうにうなずく。そうして、ちょこんとその上に座った。

『ちょうどいい塩梅《あんばい》だ。気に入った』

本当に嬉しそうに言うので、へたれた半纏はよほど寝心地が悪かったのだろう。

喜んでいる不知火丸に、あの読売のことを切り出すのも気が引けて、睦は何も言わずに店に立った。

仕入れで半日店を閉める日は、いつにも増して客が入る。食材は新鮮だし、その日にしか食べられないものもあるからだ。

日が暮れて、客あしらいの合間に座敷の雨戸を閉める時、不知火丸に握り飯が一つと、汁椀にお茶を淹《い》れて出しておいた。

座敷の襖《ふすま》一枚隔てた向こうからは、肉や野菜を煮るいい香りが漂い、客が美味い美味い、今日の料理は新鮮だという声が聞こえる。

そんな中、不知火丸はぽつんと一つだけ出された握り飯をじっと見つめていたが、文句は言わなかった。

『忙しい時にすまないな』

丁寧に礼を言って、握り飯にかぶりつく。尻尾がしょんぼり垂れていた。今日は仕入れの日だと言ったから、今夜の飯はなんだろうと期待していたのかもしれない。

睦《じ》はクスッと笑った。焦らすつもりはなかったが、言葉が足りないせいで不知火丸を悲しい気持ちにさせてしまった。

「あとでちゃんと、温かいものも出しますからね。これは腹の虫抑えです」

いつもは店を閉めた後に食事を摂るのだが、今日は遅くまで繁盛しそうだ。夜中まですきっ腹では辛かろうと思い、握り飯を出したのだった。

『そうか。いや、贅沢は言わん。これでじゅうぶんありがたいのだが……』

無意識だったのだろう、パタタ……と尻尾が振れ、そんな自分の尾にハッとした不知火丸は、恥じ入るように尻尾を足の下にしまった。

「鴨肉《かもにく》のいいところをとってありますから、後でお出ししますね」

言いおいて、再び店に立つ。

「ムツ坊、奥に誰かいるのかい」

馴染《なじ》みの客が酒を頼むついでに、興味深げに店の奥へ首を伸ばした。

「何やら話し声が聞こえたが」

睦は内心慌てつつ、「猫ですよ」と答えた。

「子猫が迷い込んできたので、餌をあげてたんです」

「俺はてっきり、奥に女でもいるのかと思ったんだが」

「いません」

あまりにきっぱりしすぎたせいか、他の客までニヤニヤして「本当か？」「ちょっと見せてみろ」などと言い出した。

不知火丸は今、子犬の姿をしているのだから、見られても問題はないのだろう。しかしまだ傷も塞がっていない中、酔っ払いの男たちに撫《な》でまわされるのも気の毒だった。

「おムツにそんな甲斐性があったとはなあ」

「だから、いませんて。坊はともかく、その、おムツってのはやめてもらえませんか」

むきになるところがあやしいとか、客はひとしきり、睦を酒の肴《さかな》に楽しんでいて、「もう、お酒をつけてあげませんよ」と睦が伝家の宝刀を抜いてようやく、騒ぎが収まった。

それから夜もふけてきて、客も一組だけになり、そろそろ店の暖簾をしまおうかと考えていた頃だった。

「——なんだそりゃ、読売かい？」

ふとしゃがんだ拍子に、睦の懐から昼間の読売が落ちて、客の目に留まった。睦はぎくりとする。

「……ええ。今日、ご城下に足を延ばした時に売っていたので」

睦は慌てて拾おうとしたが、それより早く客が拾ってしまった。そればかりか、大声で中身を読み上げる。

「なになに、大犬の物の怪が城主を襲った？　へーえ」

「布佐ってのは、隣の国だろ。物騒だねえ」

連れの客も一緒になって言う。睦はひやりとした。よほど声をひそめないかぎり、店の声は座敷にも筒抜けだ。

「この何とか上人ってのは立派だが、犬は逃げただけで退治されたわけじゃないんだろ？本当の話なら国の一大事じゃないか」

「どうだろうねえ。しかしまあ、隣の国の物の怪でも引き合いに出さない限り、読売もネタがないんだろうさ。この辺りでは大したことも起こらないし」

客たちはひとしきり読売について談じた後、睦に返してくれた。残りの酒を飲みほして、ようやく勘定を済ませる。

ほろ酔いで去っていく最後の客たちを見送ると、暖簾をしまって店じまいをした。

残った火で手早く鴨と野菜を煮る。鍋ごと持って、座敷へ向かった。

「不知火丸様、遅くなってすみません。今夜は鴨鍋ですよ」

昼は縁側に置いた座布団を、今はざるの上に敷いて、不知火丸は変わらずそこで丸くなっていた。

先ほどの読売のことを聞かれるかなと思ったが、不知火丸は鍋を見て、待ちかねたようにパタパタと尻尾を振った。

「お腹《なか》が空《す》いたでしょう。お待たせして、すみませんでした」

『いいや。そなたこそ、遅くまでご苦労だったな』

二つの椀に鴨をよそって、遅い夕飯を食べる。例のごとく、不知火丸ははぐはぐ食べながらも食事の批評を行う。

『まだ冬の渡りの季節ではないから、この鴨はカルガモか？ それにしては驚くほど肉に臭みがないな。渡り鴨より柔らかい。うむ、鴨の脂と野菜がよく絡んでいるな』

睦も慣れてきたので、「ようございましたね」と適当に相槌《あいづち》を打ちながら食べた。

温かい汁を飲むと、ホッとする。一日の疲れが取れるようだ。

こんな感覚は久しぶりだと、ふと思う。

養い親がいた頃は、こうして店の後に二人で膳を囲んだものだ。しかし親が亡くなってから、自分の食事といえば、店の合間にさっと飯をかき込むのが常だった。

店を開けている間は客がいて賑やかだけど、店を閉めるとしんと耳が痛むような静けさが戻って、一日の終わりはいつも物悲しい気持ちになる。

その悲しい静寂にいたたまれず、店を終えた後はさっさと寝るのが習慣になっていた。飯屋のくせに、きちんと食事を味わうことも、久しくしていなかった。

店が終わった後に感じるいいようのない寂しさ、虚《むな》しさ、自分はもう本当に独りぼっちなのだという現実から、目を背けていたのかもしれない。

店は毎日、息をつく間もないほど忙しいが、働くのは楽しい。でも、そうした忙しさに逃げて、自分を疎《おろそ》かにしていた気がする。

ずっと己の胸にあった孤独と寂しさに気づいたのは、不知火丸が現れたからだ。

彼が来てから、毎日の食事が美味しい。

『睦。どうしたのだ』

突如、不知火丸が声を上げたので、睦は驚いてまばたきした。その拍子に、目からぽろりと大粒の涙がこぼれる。

「あれ……」

ポロポロと涙が次々に落ち、自分でも驚いた。だが、不知火丸は睦本人よりもオロオロしていた。

『なんだ、何事だ？　熱でもあるのか。このところ、私があれこれ厄介をかけたから、その疲れが出たのだろうか』

子犬の姿でうろたえる姿がおかしく、睦は笑おうとした。けれどその拍子に、またふにゃりと顔が歪《ゆが》んで涙が込み上げる。誰かに心配されることが、こんなにも嬉しいなんて。

『睦……』

「驚かせてすみません。何でもないんです」

『何でもないことはなかろう』

いいえ、と急いで涙を拭った。熱はないか、と丸っこい前足を掲げる不知火丸が可愛らしくて、今度こそフフッと笑う。

「疲れていたわけではなく、むしろ逆です。誰かと食べるごはんは美味しいなと思って。先代の親父さんが亡くなってから、ずっと寂しかったんだと気づいたんです」

睦はそこで、自分の生い立ちを語った。飢饉のさ中にあった幼い頃、山に捨てられたこと。猟師に拾われ、「めし屋」の先代に引き取られたこと。本当の親のように思っていたが、年老いて亡くなり、一時はふさぎ込んでいたこと。

再び店を開けて、忙しさに気を紛らわしていたが、本当はずっと孤独を感じていた。

不知火丸が来てから、食事の時間が楽しくて、ご飯が美味しい。そんなことに気づいて涙が出たのだと。

睦が話す間、不知火丸は黙って聞いていた。やがてぽつりと、

『そなたも苦労をしたのだな』

労《いた》わるような、優しい声で言った。

「いいえ。あの当時、死んでいった子供たちに比べれば、俺は恵まれています」

『幸も不幸も人と比べるものではない。だが、そんなふうに考えられるのも、養い親がそなたを慈《いつく》しんで育てたおかげだろう。良い親を持ったな』

その言葉に、睦の胸はじんと熱くなった。

自分の親を褒められるのは嬉しい。そんな親に慈しまれて、自分は不幸ではなかったのだと誇りを持つことができる。

「ありがとうございます」

不知火丸は半妖だと言ったが、人の心を持っている。それも善良な心だ。こんなにもこまやかで優しい気遣いができるのだ、悪人のはずがない。

そう思ったら自然と、気になっていた読売の件を口にすることができた。

「さっき、お客さんたちが話していたのが聞こえたかもしれませんが。今日、ご城下でこんな読売が出ていたんです」

睦は、懐にしまっていた読売を広げ、不知火丸の前に置いた。不知火丸はやはり、客の会話を聞いていたらしい。驚いた様子もなかった。

『早くも隣国にまで、話が出回っているとはな』

一つつぶやいて、しばらく黙って読んでいたが、やがて低い獣のうめき声を漏らし、ダン、と前足で紙を踏みつけた。

子犬の小さな足なので、それほど大きな音はしない。しかし、不知火丸が肉球でグリグリと憎々しげににじり潰したのは、大犬を退散させたという、比延上人の絵が描かれている部分だった。

『おのれ、あの外道《げどう》の猿《さる》めが……』

しかしそこで、ハッとした様子で我に返る。唖然《あぜん》としている睦を見て、『あ……』と気勢をなくした。気まずそうに、そろそろと紙の上から足を退《ど》ける。

『すまない。つい頭に血が上った。これはそなたのものだったのに』

「いえ、もう読み終えましたから。でもやはり、不知火丸様と無関係ではなかったんですね」

絵を見るのも忌々《いまいま》しいようなので、彼の目の前からそっと紙を下げる。これはもう、ちり紙にでもしてしまおう。

紙をくしゃくしゃに揉《も》んで柔らかくしていると、不知火丸は座布団の上で幾度かまばたきした。

『そなたは、私が恐ろしくはないのか。そこに描かれている大犬とは私のことだぞ』

やはりそうかと納得はしたが、恐ろしいなどと思うはずがなかった。

人に害をなす悪鬼、物の怪ならば、怖いの怖くないのと言う前に、黙って睦を殺してしまえばいいのだ。

「恐ろしくなどないです。不知火丸様は、理由もなく人を襲う方ではないとお見受けしました。読売の話ですから、どこまで本当かわかりませんし、もし仮にお隣の国のご城主を襲ったにしても、何か深いわけがあるのではないかと思います」

不知火丸と知り合って、まだ日は浅い。彼について詳しいことは知らないし、すっかり信用して心を許すのは浅慮かもしれない。

情が移った、と言えばそれまでだ。でもこれでも、子供の頃から客商売を手伝って、それなりに人を見る目はあるつもりだ。

世の中には、優しげな顔をして悪事を働く者もいれば、悪人顔で周りから怖がられているのに、虫も殺せないような優しい人もいる。見かけだけではわからない。でもきっと、不知火丸は後者だろう。

睦は多くを語らなかったが、その気持ちは相手にも伝わったようだった。

『信じてくれて礼を言う』

パタパタと、彼の後ろで尻尾が揺れた。

『私のこの異形の姿を目にしたのは、そなただけではない。だが皆、怯えるばかりだった。一緒に寝起きまでしてくれたのは、そなたが初めてだ』

ありがとう、と真面目《まじめ》に礼を言われて、睦も嬉しかった。

「初めて見た時はびっくりしましたし、熊より大きくて怖かったのも事実です。でも、真っ白な毛が月光に照らされて、綺麗《きれい》で神々しいと思いました。きっと他の人たちが怯えたのは、大きくて驚いたからですよ」

余計なことだと思いつつ、そう付け加えたのは、人間に怯えられたことに、彼が傷ついている気がしたからだ。

睦の気遣いはやはり気づかれていたようで、不知火丸はフフッと愉快そうに笑った。だがすぐに、神妙な声音に変わる。

『そなたに累《るい》がおよぶかもしれぬゆえ、詳しい身分は明かせぬが、私は黒柄家ゆかりの者だ』

黒柄とは読売に書いてあった、布佐国の城主の姓だ。

その城主の家と縁《えん》ある者といえば、ただの家臣ではないのだろう。半妖の彼が城主とどう繋がっているのか、ますますわからない。

『私と母は、布佐黒柄家を乗っ取ろうとたくらむ妖しの勢力から、城主を守ろうとしていたのだ。宿敵を倒さんと密かに動いていたが、奴らのほうが早かった。私と母、それに家臣らは敵に襲われ、命からがら逃げのびた。私のその後は、そなたの知っている通りだ。母を先に逃がしたので、うまくすれば今頃は、母の生家である一族の里にたどり着いている頃なのだが……』

不知火丸は言葉を濁した。母の安否はわからない。さぞ不安だろう。

「お殿様を守ろうとしたのに、いつの間にか不知火丸様と御母堂様が悪者になっている。ということは、敵はお城の中枢まで入り込んでいるということでしょうか。そして、比延というお坊さんはその敵方とか」

睦はもちろん、お城など入ったことはないし、武家の世界のことなど何も知らないが、城主が襲われた、などという一大事について、嘘の話を広められるのは、よほど権力を持った者しかできないことだ。

睦の言葉に、不知火丸は大きくうなずいた。

『そのとおりだ。睦は利発だな』

利発だなんて養い親にしか言われたことがないから、照れ臭くも嬉しかった。だが不知火丸は、比延や城内の事柄について、それ以上は詳しく語ろうとしなかった。

『いずれそなたに話す機会があるやもしれんが、今はよそう。とにかく、敵は狡猾《こうかつ》だ。御前様も敵の手に搦《から》め捕られている』

敵は妖怪、何か妖術を使って城主を取り込んでいるらしい。

『今すぐにでも戻って、御前様をお救いしたいが、今のこの身ではままならぬ。逃げる際、血を流しすぎた』

ここに来た当初も、そんなことを言っていた。不知火丸の話によれば、妖しの妖力はその血に宿るのだそうだ。

不知火丸は敵に襲われて傷つき、多くの血を流してしまった。傷もさることながら、本来の妖力を取り戻すまで、まだ少し時間がかかるという。

『いずれ力が戻れば、私は母や母の一族と合流し、国元に戻る。敵を倒し、御前様と黒柄の者たちを救わねばならん。しかしそれまで、今しばらく厄介をかける』

そう言って、改めて深く頭をさげたので、睦は慌ててかぶりを振った。

最初の頃、睦が金の問題じゃないなどと偉そうなことを言ったものだから、不知火丸はいまだに気にしているのだ。

「いいんです。そんな事情も知らずに、いろいろと偉そうなことを言ってすみません。俺も家に誰かがいてくれるのはありがたいし、いつまでもいてください。……といっても、こんなあばら家で、ご馳走も出せませんけど」

不知火丸はただの妖犬ではない。隣国の城主に縁のある人なのだ。そう考えると、納屋は嫌だと言い、くたびれた半纏に寝心地が悪そうにしていたのもうなずける。

「よくわかりませんが、不知火丸様はお城の偉い御犬様なのですよね？　座布団、もう一枚買ってきましょうか」

睦の言葉に、目の前の子犬は目じりを下げてちょっと困った顔をした。

『なんだその「御犬様」というのは。国元でそれなりの身分があるのは確かだが、特別奢侈《しゃし》な生活をしていたわけではないぞ。まあ、半纏に文句をつけたのは悪かった。座布団は一枚でじゅうぶんだ』

この家だって、そう悪くはないと言われてホッとした。

『それに以前も言ったが、睦の料理は美味くて滋養にいい。城の宴に出るような豪勢な食事より、そなたの作る飯のほうがはるかに血肉になる。ここで飯を食っていれば、いずれ力も戻るだろう』

「よかった。じゃあ俺は、これからも腕をふるいますね」

早く、不知火丸が国元に帰れるように。

不知火丸にはなさねばならない使命がある。今だって本当は、母や城主の身を案じて気が気ではないはずだ。

睦も、不知火丸が早く出発できるよう、助けたい。

その気持ちは嘘ではない。けれど心の半分では、このままずっとここにいてほしいと願っていた。

いつかまた、不知火丸のいない暮らしに戻るのだと気づいた時から、心に隙間風が吹いている。

不知火丸が来てから、毎日が楽しい。相手が犬の姿をしているからか、出会いが出会いだったせいか、身分が天と地ほど違っているだろうに、共にいて気づまりではない。

お互い、わりと遠慮なくものを言い合うし、まるでずっと以前から一緒に暮らしていたような気さえしている。

この先も二人で暮らしていけたら、どんなにいいだろう。そんな望みさえ抱いてしまう。

（でも、俺なんかが引き止めちゃだめだ。不知火丸様には大変な使命があるんだから）

自分にできるのは、ただ不知火丸のために食事を作ることだけ。

ならば、ただ一つできるそれを、精一杯務めよう。孤独を癒してくれた不知火丸に報いるために。

睦は不知火丸と話しながら、心の中でそんな決意をしていた。

不知火丸が現れて、半月ほどが経った。あれほど深かった足の傷は、早くも塞がりかけている。

『妖力が戻りかけているおかげだな』

不知火丸は言う。相変わらず、毎日たっぷりご飯を食べて、雨の日を除けば昼は縁側で日向ぼっこをしている。

『国元ではずっと忙しかったからな。こんなにのんびりするのはいつぶりだろう。楽隠居も良いものだ』

座布団の上で、だらしなく四肢を伸ばして寝ている子犬を見ると、本当に国の一大事なのかな、と疑いたくなる。

しかし半月も経つと、さすがにゴロゴロするのに飽きてきたとみえ、『散歩に出たい』と言い出した。

『家で寝てばかりいては、身体が鈍《なま》ってしまうからな』

「外に出て大丈夫ですか？　追手とか」

この可愛らしい子犬が物の怪とは、誰も思わないだろうが、用心しなくてよいのだろうか。

『店の裏から出て、山に入ろうと思う。山の中なら、人も滅多に通るまい。ただ、この首の紐だけは隠せなくてな。大切な物ゆえ外して出かけるのも心もとない』

「なら、上から手ぬぐいでも巻きましょうか。その組み紐は見事な細工ですから、目立ちますものね」

睦はそこで、古い着物の端切れを縫って、不知火丸の首輪を作ってやった。

紐もすっかり隠れるし、こうして何かを巻いておけば、万が一、人の目についても、どこかの飼い犬だと知れるだろう。

『うん、これなら邪魔にならない。睦は器用だな』

「女手がないので、自分でやるしかないだけです」

何気なく言ったのだが、不知火丸はそこで小さく首を傾げた。

『そういえばそうだな。睦は嫁をとらないのか』

「うちみたいなしがない飯屋に来てくれる人なんて、いませんよ。女の人なんて、何を話していいのかわからないですし」

正直な話、縁を取りもとうという世話焼きが、これまでまったくいないわけではなかった。ただ、まったく知らない若い女性と一緒に暮らすことを考えて、睦のほうが尻込《しりご》みしてしまったのである。

「店に来るのは男連中か、年のいった女性ばかりで、若い女性と間近で会うことも滅多にないんですよね」

まあ若い女性でなくても、見知らぬ誰かと居を共にすると考えただけで気が詰まる。それを思えば、不知火丸との暮らしは最初からしっくり馴染んで、不思議なくらいだった。

『ほう。その年で女子《おなご》と手を握ったこともないのか。奥手なのだな』

不知火丸は面白がるような声音で言った。その表情も何となく、ニヤついているように見える。睦はじろっと相手を睨《にら》んだ。

「そういう不知火丸様はどうなんです」

犬だけど、その余裕しゃくしゃくな態度からして、女性には慣れているのだろうか。

「もしかして、もうとっくにお子さんやお孫さんがいらっしゃるとか」

ふと思いついて言うと、不知火丸は目を吊り上げた。

『子はともかく、孫とはなんだ。私をいくつだと思っている』

「だって、半妖なのでしょう。今は子犬の姿ですが、出会った時は相当大きかったですし。ひょっとするともう、だいぶお年を召してらっしゃるのかなと」

不知火丸は前足をタンタンと踏み鳴らし、『誰が年寄りだ』と文句を言った。

『数えで三十になる。妖しは人間よりずっと長寿だが、半妖は人間と同じように年を取るし、寿命も人間と変わらん』

そうなのか。しかし、意外と若かった。それなら確かに、孫は早すぎるかもしれない。

『出自が複雑ゆえ、正式な妻はめとらないと決めている。が、こう見えて、なかなかもてるのだぞ』

「へえ」

不知火丸はふかふかの胸を反らして言う。しかし、睦は思わず気のない相槌を打ってしまった。

『なんだ、その生返事は。疑っているのか』

「そういうわけじゃありませんが、どうしても想像がつかなくて」

愛くるしい子犬が、女性たちにちやほや撫でまわされている光景しか思い浮かばない。睦が言うと、子犬が「むうっ」と悔しそうに唸った。

『これでも国元では、美剣士とうたわれていたのに』

「びけんし」

本当かもしれないが、自分で言うのはどうだろうか。しかしてその言葉を聞いてふと、ある人物の顔が思い浮かんだ。

「そういえば、俺が知っているお武家様はまさに、美剣士と呼ぶにふさわしい美貌の持ち主でしたねえ」

以前、この店にふらりと立ち寄って、酔っ払いのならず者から睦を守ってくれた人だ。あれきり現れないが、今その姿を思い返してもうっとりとなる。

「男の人に言うのもなんですけど、綺麗な方だったなあ。気品があって、立ち居振る舞いも上品で」

『なに、そんな男がいるのか』

どこか面白くなさそうに、子犬はフン、と鼻を鳴らした。

『しかし、いくら所作が上品だと言っても、腕が立たねば剣士とは言えんがな』

ブツブツ言っていて、意外と敵愾心《てきがいしん》が強い。大人げないが、何しろ子犬の姿なので、睦は可愛いなあと顔が綻《ほころ》んでしまった。

とにもかくにも、かように日々は平和で、不知火丸は睦の手製の首輪を巻いたその日から、ふらりと外に出かけるようになった。

行き先はやはり山と見えて、白い毛に木の葉や泥を付けて戻ってくる。二、三日も経つとさらに大胆になり、山で野兎や雉《きじ》を捕まえてくるようになった。

鍛錬のついでに狩ってきたのだと言う。

睦自身も時おり山に入り、山菜やキノコなどは採ってくるが、山に住む鳥獣の肉は、猟師が売りに来るのに頼っている。滅多に手に入らないから、ありがたい土産《みやげ》だった。

野菜と一緒に煮たり、味噌や醬油《しょうゆ》を塗って炭火で焼いたりして、山の滋味を楽しみ、余った分は好きに使っていいというので、客に出した。

不知火丸は鳥や獣の他、栗や柿、山ぶどうにサルナシといった実りも運んできた。

毎日のように山に入ってはいろいろと持って帰るので、睦の家の食卓はかつてないほど豊かになる。

そこで睦は、余った栗やどんぐりをすり潰して粉にしたり、肉を塩漬けにして干したりして、密かに蓄《たくわ》えをしておいた。

不知火丸はまた、山を越えて隣国に帰らねばならない。

それがいつになるのかわからないが、いずれの季節に出発しても、道中、食べる物に困らないようにと、睦なりに考えてのことだった。

それからまた、半月ほど経った。秋は深まり、朝晩がぐっと冷え込むようになっている。

そんな秋の夜更けのこと。睦は酔い客に絡まれた。

といっても、以前のようなならず者たちではない。馴染みの客ではあるが、酔うといささか性質《たち》が悪いというものである。

夜更け前にふらっと一人で現れて、ぐいぐい酒を飲むものだから、ほどほどにしてくださいねとやんわり窘《たしな》めたのだが、それが癇《かん》に障ったらしい。

「なんだと、てめえ。客に意見するっていうのか」

他の客は帰ってしまい、店にはその酔っ払いの男が一人だけだった。

そういうわけではないんです、すみません……と、睦が下手《したて》に出れば、酔っ払いはますます調子に乗る。

「それじゃあ、どういうつもりで言ってるんだ。ああ？　ガキのくせに大人に意見するたあ、太《ふて》え野郎だ。俺がこらしめてやる」

急に威勢を強め、酒に濁った眼《め》で睨みつける。困ったなあ、と睦は内心でため息をついた。

以前のならず者たちとは違って、相手は近所の顔なじみだ。あまり邪険にしすぎては、店の評判に関わるし、といってこのまま黙って大人しくしていては、酔っ払いを付け上がらせるだけだ。

そこで思いついたのは、不知火丸のことだった。今日も朝から山に出かけて行ったが、夕方、睦が握り飯を持って行った時には戻っていて、座敷の隅に座布団を敷いて気持ちよさそうに寝ていた。

本人も番犬をやると言っていたし、ここは彼の出番ではなかろうか。

(でも、小さくて可愛い子犬じゃ、用心棒にはならないかな)

そんな失礼なことを考えつつ、座敷に行ったのだが、不知火丸の姿が見当たらない。厠《かわや》を覗《のぞ》いたが、やはりもぬけの殻だった。

雨戸は子犬一匹通れるくらいに開けているから、そこからまた山へ出かけて行ったのかもしれない。

(こんな時に限って、どこに行っちゃったんだろう)

今がまさに、いざという時なのに。いささか恨めしい気持ちで、店に戻る。酔っ払いはまだ管を巻いていた。

「やい、小僧!　逃げようったってそうはいかねえぞ!」

小僧ではなく店の亭主なのだが、訂正するのも面倒だ。

「そろそろしまいにしたいんで、お勘定をお願いします」

表情を引き締めてきっぱり言うと、相手はさらに激高した。

「なんだとてめえ、誰に向かってものを言ってるんだ」

それから、生意気だとか、そこへなおれだのと言い始める。挙句に徳利《とっくり》やお猪口《ちょこ》を投げ始めた。

「このやろう、しつけに一発ぶん殴ってやる！　こっちに来い！」

もう無茶苦茶である。小柄とはいえ、睦も男だ。こうなったら二、三発こぶしをもらう覚悟で、力ずくで追い出そうと腕をまくった。

「なんだ、やろうってのか」

相手も腕をまくったその時、店の戸がすらりと開いて、さあっと冷たい夜風が流れ込んできた。

こんな夜更けに人が現れるとは思わず、酔っ払いも睦も、視線を戸口に取られる。現れた人物を見て、睦はあっと声を上げた。

「明かりが点《つ》いているゆえ、まだ店が開いているのかと思ったのだが。なんとも殺伐《さつばつ》としているな」

そう言った男は、いつか睦を助けてくれた、あの美貌の侍だった。半月ほど前に不知火丸に話して聞かせた、あの美剣士である。

「亭主。何やら困りごとのようだな」

美貌の侍は言い、じろっと酔っ払いを睨む。酔っ払いよりも、侍のほうがはるかに上背があり、身体つきも逞《たくま》しい。それに何より、睨んだ時の眼光の鋭さは、端《はた》にいる睦でさえビクッとするほど気迫があった。

侍が黙って、ずいっと前に出る。酔っ払いは気迫に呑まれて後退《あとじさ》ったが、そんな自分を恥じたのか、

「なんだてめえ。すかしやがって」

言うなり、こぶしを振り上げて侍にかかっていった。侍はすっと身体をかわすと、酔っ払いのこぶしを取る。あっという間にその腕をねじり上げた。

「痛い痛いっ。くそっ、離しやがれ！」

酔っ払いは地団太《じだんだ》を踏んでなおも暴れようとするが、うまく身体の動きを封じられて自由にならない様子だった。

（……すごい）

見事な手際に、睦はほうっとため息をつく。そんな睦に、男らしい美貌がくるりと向き直った。

「この者、いかがいたそうか。この場で斬り捨てるのは簡単だが、店を血で汚すのもためらわれる。……そうだな、そこの林の奥まで連れて行って首を斬り落とすのが、始末もしやすかろう」

睦にいかがするかと尋ねたものの、彼は一人で結論を出したようだ。どこか楽しげな声音に、酔っ払いはたちまち震え上がった。

「い、命だけはっ」

「助けてくれと？　では、両腕を切り落とすか。腕がなければ、むやみに人へこぶしをふるうこともなくなるだろう」

人を斬ることなどなんとも思っていない、そんな冷たい声だった。ひいっ、と酔っ払いが悲鳴を上げる。見かねて、睦がそろそろと間に入った。

「お侍様、そこまでにしてあげてください」

「この者を庇《かば》うのか？　ずいぶんと乱暴を働かれたのではないか」

言ったが、侍も睦が止めに入るのがわかっていたのだろう。その目はいたずらっぽい笑いを含んでいた。しかし、酔っ払いからは侍の表情は見えないらしく、気の毒なくらい震えていた。

「そうはいっても、徳利とお猪口を割られたくらいですし。その分きちんとお代をいただければ、こちらとしても困ることはありません」

侍は「ふむ」と小さく嘆息した。その様子が誰かに似ていると睦は思ったが、今はそれどころではない。

「亭主はこのように言っているが。逆恨みなどして、また店を襲われては困るな」

「しませんっ。もう二度と来ませんっ」

「いえ、素面《しらふ》でごはんを食べに来ていただけるなら、来ていただいても構いません」

すかさず睦は言った。こんなのでも常連客だ。酒を飲まなければ気のいい男なので、これ

からも素面で贔屓《ひいき》にしてもらえるとありがたい。

そんな睦の思惑を見て取ったのか、剣士は呆《あき》れたような、感心したような視線をこちらに寄越した。

「だ、そうだ。今後は酒を飲まず、素面のまま飯だけ食いに来ると約束するなら、無事に帰してやろう」

「します。約束しますっ。素面で店に来ますからっ」

きっとだぞ、と念を押して、剣士は酔っ払いを連れて店を出て行った。店の前で放してやったらしい。バタバタと草履《ぞうり》で駆け出す音と共に、ひいいっ、という酔っ払いの悲鳴が遠ざかっていった。

酔っ払いの投げたものを片づけていると、侍が再び店に戻ってくる。睦は向き直って深々と頭を下げた。

「一度ならず、二度も助けていただき、本当にありがとうございました」

ふっと柔らかな笑いが、睦のつむじに落ちる。

「覚えていてくれたか」

「もちろんです。ご恩を忘れるはずがありません」

睦は侍に席を勧めた。食事を食べて行ってもらおうと思ったのだ。これしきではお礼にもならないが、他にできることがなかった。

「いいのか？　もう店じまいではないのか」

「構いません。暖簾はしまいますから、いつまでもゆっくりして行ってください」

侍を座らせると、睦は大急ぎで食事をこしらえた。酒をつけて侍に出す。合間に座敷を覗いたが、不知火丸はまだ戻っていないようだった。

「ほう、これは美味そうだ」

侍は嬉しそうに言い、以前と同じように、上品な所作ながら気持ちよく食べた。酒も美味そうに飲む。なかなかいける口らしい。

食べ終えてお茶を飲んだ後、勘定を払おうとするから、慌てて断った。

「うちの料理ではお礼にもなりませんが、よければまたいらしてください。いつでもご馳走します」

「気持ちはありがたいが、そういつもただ飯を食らうのも心苦しい」

侍は言い、思案する仕草を見せたあと、折敷《おしき》の上にすっと乗せたのは、ピカピカに光る数枚の小判だった。

「何をなさるんです」

びっくりして、睦はすっとんきょうな声を上げてしまった。

「あいにくと細かい持ち合わせがないのだ。最初にお代を払っておくから、これでまた飯を食わせてくれ」

「そういうことでしたら、一枚でじゅうぶんです」

何だかこんなやり取りを前にもしたな、と思いながら、睦は小判を一枚残し、あとは侍に差し返した。

「この一枚で百回分ですよ。毎度、お酒一本つけてもお釣りが出ます」

侍は、市井の相場に疎《うと》いらしい。睦が言うと、驚いたように目を瞠った。

「なんと。この店の飯はかくも安いのか。こんなに美味いのに。もう少し値を上げても良いのではないか。その価値はあるぞ」

本気で言ってくれているようだ。睦は思わず顔をほころばせた。

「ありがとうございます。うちは安さと美味さが売りなので、そう言っていただけると嬉しいです。でも値上げをすると、お客さんが困ってしまいますからね。そんなに儲けようとは思っていませんし、ほどほどの値段で長く通っていただくのがいいんです」

「なるほど。ちゃっかりしているようで、欲のない男だな」

ちゃっかりというのは、先ほど酔っ払いに、素面でまた来てくれと言ったことだろう。

「お客さんに美味いと言ってもらえて、また食べに来てもらえるのが、俺には何より嬉しいんです」

「ならば、何としても通わねばならんな。また来よう」

「はい、ぜひに。お待ちしております」

侍が言い、睦が答え、二人は視線を合わせて微笑《ほほえ》み合った。男臭い中に、艶やかさを持つ相手の微笑みを目にして、睦の胸は大きく跳ねる。初めて会った時の高揚がぶり返した。我知らず、顔が熱くなる。自分でも、どうしてそんなに胸が高鳴るのかわからなかった。

侍が帰るのを、睦は店の外まで出て見送った。外は真っ暗闇だ。侍は明かりを持たずに来たようで、睦は提灯《ちょうちん》を差し出そうとしたが、問題ないと断られた。

「夜目には慣れているのでな」

そう言った通り、足取りは危なげがない。悠然とした後ろ姿はやがて、闇にすうっと溶け込んでいった。

侍の名前を聞き忘れたことに睦が気づいたのは、それからしばらく経ってからのことだ。

睦が美貌の侍を見送って、遅い夕餉《ゆうげ》の支度と店の片づけを終える頃、不知火丸がふらりと帰ってきた。

『遅くなってすまぬ』

「本当ですよ、もう。傷が治ったとはいえ、力が戻ってないって言ってたじゃないですか。無理しないでくださいね」

どこに行ったのだろうと心配していた時だったので、つい小言を言ってしまった。不知火丸はそんな睦を見つめ、ぱしぱしと幾度か瞬《まばた》きをしてから、『うむ』と素直にうなずいた。

『……私には、ぽんぽんものを言うよな』

小声で何やらブツブツつぶやいていたが、睦にはよく聞こえなかった。

「今、何か言いました？」

『いや、なんでもない。今日の晩飯も美味そうだな』

あからさまに誤魔化《ごまか》している。まったくもう、と言いつつも、睦は先ほどの侍のことを思い出し、うっとりした。

『なんだ、やけに上機嫌だな』

「あっ、そうです。そうなんですよ、不知火丸様。俺が前に言ってた美剣士。あの方がさっき、店にいらっしゃったんです」

不知火丸の耳が、驚いたようにピン、と立つ。睦はご飯をよそいながら先ほどの出来事を不知火丸に話して聞かせた。

『び、けんし……』

「ええ。すごい美丈夫《びじょうふ》なんですからね。もう本当に、見惚れるような男ぶりでしたよ。腕が立つのに驕《おご》った様子もなくて。さぞ身分がおありでしょうに、少しも威張ったところがないんです。不知火丸様にも見ていただきたかったなあ」

先ほどの興奮がぶり返し、ぺらぺらと語りまくる。不知火丸は何か驚いたような顔で、食事の碗から口を離していた。

『今日来た侍というのが……そなたが以前に言っていた美剣士だというのか』

「そうですよ。なのに不知火丸様、肝心な時にいらっしゃらないんですから。番犬だってしてもらおうと思っていたのに」

睦が食事をしながら文句を言っている横で、不意にパタパタと音が聞こえた。なんだろうと音のするほうを見ると、白い尻尾がものすごい勢いで振れていた。

その尻尾を、不知火丸が慌てたように前足で押さえ、足の間に挟み込む。

「尻尾がどうかしたんですか？」

『いや、尾に虫が止まっていた……ような気がしたのだ』

気のせいだった、とモゴモゴ言って、不知火丸はまた飯を食べ始めた。黙々と、わき目もふらずに食事をするので、話しかける隙がない。

睦もそれ以上、美剣士を褒め称えるのをやめて食事に専念した。

（俺がお侍様ばかり褒めるから、拗《す》ねたのかな？）

あまり不機嫌な感じではないが、以前に美剣士の話をした時は、何やら対抗意識を燃やしていた不知火丸である。

物の怪だけど優しいし、気持ちもこまやかだけど、たまに大人げないところがあるのだ。

もっとも、そういうところも可愛い……いや、好ましいなあと思ってしまうのだが。

「不知火丸様。寝る前に毛のお手入れをしましょうか」

食事を終えた後、床の準備をしながら睦が提案した。不知火丸が拗ねているかもしれないから、ご機嫌を取ろうと思ったのだ。

不知火丸はその時、座布団を咥《くわ》えて睦が夜具を敷く隣に移動させていたが、弾《はじ》かれたように座布団から口を離して顔を上げた。

『まことか……あっ、いやいや、そなたも疲れているだろう』

人間臭い仕草で首を横に振って見せたが、いかんせん、尻尾がぶんぶん振れている。睦はクスッと笑った。

「毛のお手入れくらい、どうってことはありませんよ。あったかい毛に触れていると、俺の心も和みますし」

『……そうか。では、頼もうかな』

座布団を睦の夜具の隣まで寄せると、不知火丸はごろりとそこへ身を横たえる。

「はい」

睦は押し入れから大きな刷毛《はけ》を持ってきた。毛の部分は硬い猪毛《ちょもう》を使っていて、不知火丸の毛並みを梳《す》くのにぴったりである。

これは、いつもの午前の仕入れの日に城下町へ足を運んだ際、偶然見つけた品だった。

睦はその前の夜に不知火丸から、

『近頃、寒さも増してきた。これで新しい綿入れを買いなさい』

と、ピカピカの小判をまた一枚、渡されていた。

『睦は、金などいらんと言うかもしれんが、私には他に、そなたの恩に報いる方法がないのだ。どうか受け取ってくれ』

家にかくまって、日々何かと世話をしてくれている礼なのだという。一度は固辞したが、丁寧に頼まれて睦もありがたくいただくことにした。

綿入れを買って、残りは貯《た》めるなり好きに使って構わないとも言われた。それで、何か不知火丸に土産を買って帰ろうと思ったのだ。

新しい綿入れを買った後、何とはなしに目を向けた道具屋の軒に刷毛が吊るしてあって、ふと閃《ひらめ》いたのだった。刷毛で不知火丸の毛を梳いたら、気持ちが良いのではないだろうか。

道具屋に入って、毛を梳くのにちょうどいい品を見つけた。

城のお殿様に献上したのと同じものだといい、元は殿様の馬の毛並みを整えるのに使ったのだそうだ。

コシは強いのに化粧刷毛のようにキメが細かい、猪毛の刷毛である。献上品だけあって、綿入れが二つ買えるくらいの値段だった。

不知火丸は『自分のために使えばいいのに』と、ちょっと呆れていたけれど、さっそく使ってみると思いのほか心地よいようで、不知火丸のお気に入りになった。

店を早じまいした時などは、自ら睦に毛づくろいをねだってくる。睦も、不知火丸の艶やかでふかふかの毛並みを整えるのが好きだった。

『……いい塩梅だ。このまま寝てしまいそうだ』

今夜も毛を梳いてやると、不知火丸は座布団の上でふうっと心地よさそうにため息をつく。

「いいですよ。どうぞ寝てください」

睦が言うと、不知火丸は喉の奥で小さく笑う。

『ああ。そなたのそばは、不思議なほど心地よい。安心して眠れる。美味いものを食べ、寝たい時に寝て、こんなにのびのびとした毎日が暮らせるのはいつぶりだろう』

高貴な身分なのだから、立派なお屋敷で上等なものを食べ、心地よい夜具でゆっくり眠れると思っていたのに、そうではないのだろうか。

睦が訝《いぶか》しく思っていると、不知火丸はまた、喉の奥で笑った。

『私がいた場所は、とかく窮屈でな。何をするにも気が抜けん。立ち居振る舞い、言葉一つ発するのも慎重にせねばならん。子供の頃はそんな暮らしが嫌でたまらなかった。しかし、そう言うと母が悲しむと思って、言うに言えなかった』

日々の生活でずっと気を遣わねばならないのは、確かに相当窮屈だ。

不知火丸の母は物の怪で、父は人間だと言っていた。複雑な生まれなのだとも言っていたから、彼も苦労をしてきたのかもしれない。

『長じてはこの身も多忙になり、さらに周囲は物騒になってきた』

「物騒？」

『食事に毒を盛られたり、命を狙われたりとな』

驚いて、毛づくろいの手が止まった。

「物騒どころの話じゃないですよ！　よくご無事でしたね……」

いや、無事とも言い切れないのか。睦の目は自然と、不知火丸の右足を見ていた。傷はすっかり塞がったものの、毛が生えておらず、地肌がむき出しで引き攣《つ》れた痕《あと》になっていた。

『鼻が利くので、毒を飲むことはない。日頃から鍛錬をしていたので、刺客が現れても返り討ちにすることができた。この足は……油断していたわけではないが、敵に遅れを取ってしまったからだ』

「でも、命が助かってよかったです」

毛づくろいを続けながら、睦はしみじみと言った。不知火丸が生きていてよかった。

睦が考えていた以上に、不知火丸が身を置いていた場所は過酷だったのだ。いつかまた、彼はそこに帰らなければならないのか。

ずっと、ここにいてくれてもいいのに。

ちらりと頭にかすめたその思いを、睦は急いで追いやった。

不知火丸の母の無事も、まだわからない。彼が仕えているらしい、布佐国の城主を救うという大義もある。

「不知火丸様。今夜から一緒の布団で寝ませんか」

毛づくろいを終えた後、座布団の上に身を縮める不知火丸を見て、睦は言った。えっ、と子犬が弾かれたように顔を上げる。

「朝晩は冷えるでしょう。くっついて寝たほうが、お互いに温《ぬく》いから」

相手がなおも驚いた顔をしているので、睦はバツが悪くなった。

「すみません。こんな粗末な夜具で、俺なんかと同衾《どうきん》するのは嫌ですよね」

家族に言うようなことを言ってしまったが、不知火丸は高貴な身の上なのだ。失礼すぎたかもしれない。

しかし、睦が謝ると不知火丸は『いや、いや。そうではない』と慌てたように首を横に振った。

『驚いただけだ。他意はない。だが、そなたこそいいのか』

「もちろんですよ。不知火丸様は毎日ちゃんと行水もして、そこらの人より身綺麗ですし、いい匂いもしますしね」

『いや、身繕《みづくろ》いの話ではなく、私は物の怪なんだが』

それこそ、今さらだった。

「毎日同じ部屋で寝起きして、一緒に食事までしてるじゃありませんか」

『それはそうだが。しかし、どう理屈をつけても、人というのは物の怪を恐ろしく思うものだろう』

「さあ、どうでしょう。俺も不知火丸様以外の物の怪や、幽霊なんかに会えば怖いと思うかもしれません。でも、不知火丸様はもうお互い気心の知れた仲ですし。物の怪かどうかは関係ないんですよ」

不知火丸は呆気《あっけ》に取られた顔をしていたから、睦の受け答えはよほど珍妙だったのかもしれない。

口を半開きにしていた子犬はやがて、ククッとおかしそうに笑いだした。

『確かに、我らは気心も知れた仲だ。そうだな、今さら遠慮することなどないのだった』

そう言ってからは、さらに一段、肩の力が抜けた様子で、ゴソゴソと遠慮なく睦の夜具に入ってきた。

『うん、ぬくい』

睦の隣に納まると、ふうっと、刷毛で毛づくろいをしてもらった時のように、心地よさそうにため息をつく。

睦もまた、不知火丸の温もりにほっと息が漏れた。

誰かとこんな風にくっついて、温もりを感じながら眠るのは、子供の時以来だ。とても満ち足りて安らかな気持ちになる。

明日もそのまた明日も、こうして眠れるのだ。

（でも、その次の日は？）

不知火丸の傷は癒えた。力が戻ったら、国に戻るのだという。それがいつなのかわからない。すぐにその日がくるのかもしれない。

そうしたらまた、自分はこの家に一人になる。そのことを考えると、寂しさと悲しさでいっぱいになった。危険な場所に戻る、不知火丸の身も心配でたまらない。

さっきはお侍にうっとりしていたけれど、今の睦にとっては名も知らぬ美剣士よりも、半妖で犬の姿の不知火丸のほうがずっと大切だった。

まだ共に暮らしてひと月ほどだが、不知火丸はすでにかけがえのない相手になっている。

彼を失いたくないというこの気持ちは、友愛なのか情なのかよくわからない。

わかるのはただ、不知火丸がいなくなった後の睦の日々は、不知火丸が現れる以前よりもずっと、無味乾燥なものになる、ということだけだった。

件《くだん》の侍は、その翌々日の夜にまた、ふらりと現れた。

そして不知火丸は、侍が来た時にはまたもやどこかに出かけていた。しかし、睦が小言を言ったせいか、今回は日が暮れる頃、

『今夜もちと遅くなる。戻りは店じまいの頃になるだろう』

雨戸を閉めに来た睦へ、そう断りを入れるのを忘れなかった。

近頃、不知火丸が外へ出かけることが多くなっている。鍛錬のために山に入っているのだと言っていたが、山で何をしているのかは不明だ。二回に一回は、山の幸を土産にくわえてくる。

しかし、睦は鍛錬より他に、山に別の目的がある気がしてならなかった。

なぜそう思うのか、と聞かれるとはっきりとは答えられないが、普段は飄々《ひょうひょう》としている不知火丸が、山に入っていくごとに、何か深刻に考え込んでいるような、あるいはピリピリとした緊張を、その子犬の身体から感じるのである。

恐らく、不知火丸は睦が異変を覚えているとは気づいていないだろう。ほんのささいな違和感で、睦も共に寝起きをしてきたからこそ、わかることだった。

そんなこんなでその夜は、わざわざ遅くなると断って出て行った不知火丸の身が気がかりだった。

夜の客も少なく、早めに店じまいをしてしまおうか、と暖簾をしまいに外に出た時、見合わせたようにあの美貌の侍が現れたのである。

「あっ」

暗闇の中、音もなく姿を現したので、睦は大きな声を上げてしまった。あの方だ、と気づいて、慌ててぺこりと頭を下げる。

「失礼をいたしました……いらっしゃいませ」

侍が、かすかに笑いを漏らすのが聞こえた。

「驚かせてすまない。店はもう終《しま》いか？」

「今日はお客が少なくて。なので、ちょうど良いところに来てくださいました。仕入れた魚が余ってしまったんです」

どうぞどうぞ、と中へ引き入れた。日をあけずに来てくれたのが嬉しかったし、一人でいるとどうしても、不知火丸がいつ帰ってくるのかそわそわしてしまうので、客が来てくれるのがありがたかった。

先に暖簾をしまうと燗《かん》をつけて肴と共に出し、手早く食事を作る。

「暖簾を片付けたのなら、亭主も一杯どうだ」

艶《あで》やかな笑みと共にお猪口を差し出したので、睦はどきりと胸が高鳴った。別に、同じ盃《さかずき》で酒を飲んだからといって、どうということもない。他の客にもたまに、勧められることがある。

この侍だって何の気もないのだろうに、睦は一人でどぎまぎしてしまった。

「で、では、失礼して」

縁台の端に腰を下ろし、お猪口を受け取る。お侍が口をつけたのはどこだろうと、そんなことを考えるとまた胸が騒ぐ。顔が熱くなるのを誤魔化すために、注がれた酒をぐっと一息に飲み干した。

「亭主、いける口だな」

「それほどでも。あの、俺……私は、睦と申します」

ムツ坊とかおムツとか言われるのも恥ずかしいが、亭主という呼び名も自分には立派すぎて居心地が悪い。

睦が名乗ると、侍は「睦か。愛らしい名だな」と言った。どこかで聞いた気がする。

「失礼ですが、お侍様は何とお呼びすればよいでしょうか」

そういえばまだ、名前も聞いていなかった。そのことに気づいてそっと窺う。

睦が返したお猪口で酒を飲んでいた侍は、「名前か?」と、聞き返した。

「モリ……そう、モリヤとでも呼んでもらおうか」

「モリヤ様」

口の中でつぶやいてみる。モリヤなんというのかわからない。が、彼を名前で呼べることが嬉しかった。

「そう、モリヤだ。睦」

腰に響くような低い声で呼ばれて、心臓がまた跳ねた。

（変だな、俺）

モリヤに会うと、自分はいつもおかしくなる。その美貌で見つめられると、ぽーっとのぼせたようになり、頭の中がとっちらかってしまう。

「睦は大人しいな。堅いというのか。何か気になることがあるのか？」

ふと、モリヤが言う。顔を上げると、彼は笑いを含んだ表情をしていた。

目だけが真っすぐに睦を見ている。相手がまたお猪口を差し出すので、睦は受け取って酒を飲んだ。モリヤと話をするためには、少し酔ったほうがいい気がした。

二杯目の酒も一息に飲むと、気持ちがわずかにだが落ち着いた。

「どうも不調法を致しまして。その、身分の高いお武家様とお酒を飲むのが初めてなものですから」

これは嘘ではない。店にはたまに武家の客も現れるが、せいぜいが下級役人といったところだ。モリヤほど身なりのいい、立ち居振る舞いの上品な客は初めてだった。

睦の言葉に、モリヤは意外そうな顔をした。

「高貴でも何でもないが。そなたでも、身分など気にするのだな」

「それは、もちろん」

そなたでも、とはどういう意味だろうと思ったが、身分を気にするかしないかと言われたら、するに決まっている。

「ふうん。だが、ここには美味い飯を食いに来ているだけだ。そう畏《かしこ》まらず、私のことは、腰に二本差した町人だとでも思ってくれ」

「そんなバカな。無茶を言わないでください」

すかさず口にしてしまった。合いの手を入れたようでおかしかったのか、モリヤが声を出して笑う。

「そうそう。そういう調子で頼む」

それからモリヤは、睦と酒を交わしつつ飯を食い、一刻ほど過ごして帰って行った。

「また来る」

去り際に言い、睦も頭を下げた。

「お待ちしております」

酒を酌《く》み交わしたせいか、睦の緊張はいつの間にか解けていた。それでもやはり、その美しい顔を見ると、胸がどぎまぎしてしまうのだが。

「——美しすぎるのも、罪ですよね」

その日、奥の座敷で言うともなしに言うと、向かいで飯を食べていた不知火丸が『ぶほっ』と咽《む》せた。

「大丈夫ですか」

椀に注いだお茶を差し出すと、咳《せ》き込みながらお茶をちゃぷちゃぷと飲む。

不知火丸はこの夜もまた、睦が店の片付けを終える頃に戻ってきた。

一緒に夕飯を食べながら、睦は美貌の侍が今夜も来てくれたこと、モリヤと名乗ったことを語って聞かせた。

大して興味もなさそうにしていたのだが、「美しすぎるのも……」と言ったくだりでいきなり、飯を咽せたのだった。

『いや、すまん。何の話だったかな』

「モリヤ様の話です」

張り切って、睦は答えた。憧れの人が、日を置かずに店に来てくれた。さらには楽しく話をして酒を酌み交わした。

そのことだけでもう、じゅうぶんに嬉しい出来事だったが、それをまた、今日こんなことがあった、あんなことがあったと話すことができる。何年も一人だった睦にとって、それはこの上なく幸せな時間だった。

そういう気持ちを睦も自覚していて、不知火丸に甘えているなと思う。

「不知火丸様にも、モリヤ様のお顔を見ていただきたいなあ。不知火丸様と、どちらが美形だと思います？」

『……さあな。この間、私が美剣士だと言ったのは言葉の綾《あや》だ。そなたがあんまりその美剣士を持ち上げるので、冗談を言ってみたまでだ』

先日はあんなに胸を張っていたくせに、どういうわけか今日は、謙遜《けんそん》している。

そのくせ、尻尾がやけに揺れていて、不知火丸が足でたしっ、と押さえていた。何を考えているのか、尻尾はわかりやすいようでわかりにくい。

『モリヤという男も、そう言うほどでもあるまい。そなたの目に色がついているのだ』

「そんなことないですよ。もう、不知火丸様だって、モリヤ様を見ればわかりますよ。本当に素敵な方なんですから」

睦もつい、むきになって言った。不知火丸は尻尾を足の間に挟んだまま、『ふうん』と気のない返事をする。それからまた、素知らぬ顔でお茶をちゃぷちゃぷと飲んでいたかと思うと、おもむろに切り出した。

『そなた、惚《ほ》れた女子などはいなかったのか』

「いきなり何を言い出すんですか。その話は前もしたじゃないですか」

『いや、最近のことでなくても、幼い頃にでも、女子にほんのり想いを寄せたことくらいあるだろう』

「そりゃあ、俺だって初恋の一つや二つ……」

と、売り言葉に買い言葉で答えて、思い返してみたものの、どんなに記憶をさらっても、そんなほんのりした思い出は出てこなかった。

「うーん、ないですねえ」

そういえば子供の頃、近所の子供たちと遊ぶことがあって、たまに内輪で、誰それが好きだとかいう話をすることがあった。

睦はみんなのことが好きだったから、お前は誰だと聞かれたら「みんな好き」と答えていたのだ。そのたびに、「そういうんじゃない」と呆れた顔をされた。

じゃあどういう意味だとわからずにいたが、あれはそういうことだったのか。

『鈍いな、そなた』

不知火丸にその話をすると、やっぱり呆れた顔をされた。

『若いのに店を切り盛りして立派だと思ったが。そういうところは、年のわりに幼いな』

幼い、などと言われて恥ずかしくなった。ふいっとそっぽを向いてお茶をすする。

「別にいいじゃありませんか。もう、どうしてそんな話になるんです」

楽しくモリヤの話をしていたのに。文句を言ったら、また『鈍い』と言われた。

『……そなた。男が好きなのではないか』

ためらいがちに、不知火丸が言った。今度は睦が「ぶほっ」とお茶を咽せる番だった。

『大丈夫か』

不知火丸は、前足で器用に睦の背中をさすってくれた。

『すまぬ。不躾《ぶしつけ》なことを申した。ふと思いついて口にしたまでだ。他意はない』

言い訳をするように、やや早口に不知火丸は言う。急にそんなことを言った自分をこそ、恥じるようだった。

睦は一息ついてから、不知火丸の言葉を反芻《はんすう》してみる。

「男色かどうかってことですね。そうか、考えたことがなかったなあ」

不知火丸が考えているのは、モリヤに対する気持ちが恋なのではないかということだろう。恋をしたことがないせいか、その可能性に考えが至らなかった。

「男色かあ。お武家様たちは、必ずみんな衆道を嗜《たしな》まれるのですよね。一度は菊門を使うのが習わしなんでしたっけ」

『はっ？　いやっ、そんな習わしはないぞ？』

不知火丸はびっくりしたように目をむいてから、『ま……まあ、そう珍しいことでもないが』と、付け加えた。

『あれこれ申したが、睦の思いは惚れた腫《は》れたではなく、娘たちが役者に憧れるような気持ちかもしれん。いや、そうなのだろうな』

自分から言い出したくせに、大急ぎで否定している。何が言いたいのか、さっぱりわからない。しかし睦も、不知火丸があまり懸命に打ち消したがるので、「どうなんでしょうかねえ」と曖昧《あいまい》に濁しておいた。

それからモリヤの話はしないまま食事を終え、寝る支度をした。

今夜も一緒に床に入ったが、なぜか不知火丸は今日に限って遠慮がちだった。

「不知火丸様、もうちょっとこっちに寄って下さいよ。くっつかないと温くないでしょう」

睦の身体に触れるか触れないか、端っこに丸くなっている。うん、とかうむ、とか言って
ほんのちょっと近づくだけなので、睦は焦れてモコモコした毛の塊を後ろから抱き込んだ。

「はあー、温い温い」

『なっ、こら、なんだ。人を懐炉《かいろ》みたいに』

不知火丸はブツブツ言うが、大人しく抱かれるままになっていた。

睦はふわふわの温もりにうつらうつらしながら、モリヤについて考える。

人を想うというのは、どういうことだろう。モリヤは確かに美丈夫だし、その男らしい顔
立ちで甘く微笑まれると、胸がきゅうっとなる。

しかしでは、誰よりも大切に思い慕っているかと聞かれたら、まだそれほどではなかった。

睦が何より大切に思っているのは、不知火丸だからである。相手は犬だから、恋焦がれると
いうことはないが。

『睦、寝たか?』

すっと眠りに入りかけた時、ふわふわの塊が小さな声でつぶやいたので、睦はすぐまたう
つつに引き戻された。

「起きてますよ。すみません、苦しいですか?」

強く抱きすぎたかと腕の力を緩めると、不知火丸は『いや』とつぶやいて、丸い尻をちょっと睦に寄せた。

『このところ私がよく外に出かけているのは、実はただの鍛錬だけではないのだ』

不意に明かされて驚きつつ、やはりという気持ちが大きかった。

「はい」

『気づいていたか』

「何となく。ただ山を駆け巡るにしては、楽しげではなさそうでしたから」

確信があったわけではない。ただ何となく異変に気づいていたと言うと、不知火丸は『睦に隠しごとはできんな』と、どこか愉快そうな声でつぶやいた。

『ほうぼうに散らばった我が配下と、連絡を取ろうと試みていた。今日ようやく、一人と繋がった』

不知火丸にも、配下がいるのだ。配下もまた、犬なのだろうか。

『母は無事に一族の里に逃れていた』

「そうだったのですね。それは良かったです」

睦も心から安堵《あんど》した。不知火丸の母親のことは、ずっと気にかかっていたのだ。

『母が一族の長《おさ》に助力を請い、長も加勢をしてくれることになった。私は一族の里に合流し、そこから仲間と共に布佐の城へ向かうつもりだ。城に巣食う敵の妖しどもを倒し、御前様をお救いする』

敵の妖しがどれほどのものか、わからない。しかし、遅れを取ったとはいえ、一度は不知火丸が瀕死の重傷を負わされた相手なのだ。決して生易しい相手ではないことが想像できた。

怖くなって、睦はギュッと子犬を抱きしめる。

『睦？』

行かないでと言っても、聞き入れられる願いではない。不知火丸には大義がある。睦の思いなど、そんな彼の崇高な大義からすれば、取るに足らないものだ。

だから嫌だとは言えない。でも、本音は行ってほしくなかった。

不知火丸が、自分の知らない遠い場所で危険に晒《さら》されるのが恐ろしい。危険に身を投じる不知火丸に、何もしてあげられないことも、もどかしかった。

「いつ、ですか。ご出立は」

『我が一族の里の門が開くのが、月に一度、満月の夜でな。だからそう……次に月が満ちる三日ほど前には、ここを出ねばならんだろう』

今は下弦月《かげんげつ》。それではあとひと月もしないうちに、不知火丸はここを出て行くことになるのだ。

「不知火丸様。無事でいてください。ずっと、不知火丸様のご無事をお祈りしています。そんなことしかできないのがもどかしい。悔しい」

『睦……』

驚いた声が上がり、腕の中の子犬がモゾモゾと身じろぎした。向かい合わせになると、つぶらな瞳で睦を見つめた。

『ありがとう。そなたには本当に世話になった。言葉では言い尽くせないくらいの恩がある。恩義だけではない。ここで暮らす日々は楽しく癒されるものだった。生まれて初めてだと言っていいくらいの安息だった』

穏やかな声に、目頭が熱くなった。たまらず、また不知火丸に抱きつく。

「俺もです。不知火丸様がいてくださって、楽しかった。また一人になるのが心細くてたまりません。本当はいつまでもいてほしい。……すみません。こんなこと本当は、言うつもりじゃなかったのに」

『私もできれば、ずっとそなたとここで暮らしたい』

不知火丸の声が切なげに響く。

『睦、そなたも……』

なお何かを言いかけたが、それ以上は語られなかった。睦は、自分の未練が不知火丸を困らせているのだと思い、慌てて顔を上げた。

「でもまだ、しばらくはここにいてくださるんですよね。俺、美味しいものをたくさん作りますから」

不知火丸は、玉石のような美しい瞳をじっとこちらに向けていた。何か言いたげに口が開き、また閉じる。やがてその瞳も、諦《あきら》めたように伏せられた。

『――ああ。今のうちに食いだめておかねばな。ここを出たらもうしばらくは、戻ってこられない』

しばらくは、という言葉に睦は「あ」と声を上げた。不知火丸は再び睦の目を見ると、大きくうなずく。

『敵を倒し、我が殿をお救いした後は、きっとまたここに戻ってこよう。なに、布佐からここまで、街道を馬で走れば二日とかからぬ』

永《なが》の別れになるわけではない。不知火丸の言葉に、切なさに圧《お》し潰されそうだった睦の心は少しだけ、軽くなった。

「きっとですよ。そうじゃなかったら、俺が布佐国まで、鍋を持って押しかけますからね」

睦の軽口に、不知火丸はククッと愉快そうに笑う。

たとえ約束が果たされなかったとしても、それでも睦は、不知火丸が自分をそこまで気にかけてくれたことが嬉しかった。

また不知火丸と一緒にご飯が食べたい。でも、その約束は果たされなくてもいい。睦はただ、不知火丸が無事でいてくれることだけを願うのだった。

それから睦は、以前にも増して一食一食を大事に作るようになった。

食べ物は不知火丸の血肉となり、その血肉は彼の妖力の源になるのだという。敵に負けないように、無事に帰ってきますようにという願いを込めて、料理をした。

季節は秋の終わり、冬に入ろうとしていた。不知火丸の一族の里は、山を越えたさらにもう一つの山奥にあるのだそうで、旅は険しいものになると想像できる。

睦は以前から作り貯めておいた干し肉や糒《ほしいい》などの食糧を検分し、すぐにでも持ち出せるようにして、不知火丸の旅立ちに備えている。

不知火丸はそれからも毎日のように山へ出かけていた。半分は配下の者との連絡のためで、もう半分は純粋な鍛錬だったようだ。

『もうすっかり身体が元通りになった。いや、そなたの飯のおかげで、以前より調子がいい』

相変わらず子犬の姿で、嬉しそうに言う不知火丸に、睦は嬉しく思う反面、別れの時が近づいているのだと複雑な気持ちになった。

そんなふうに別れの日が一歩ずつ近づく中、睦をなぐさめてくれたのは、モリヤの存在だった。

モリヤはあれから、毎日のように現れる。来ないこともあるが、それはたいてい、他の客が遅くまで店にいる時だった。

夜、客がはけた時を見計らったように、どこからともなく彼は現れる。モリヤが店に来ると、睦は暖簾をしまって、一緒に晩酌をするようになった。

その間、不知火丸を待たせるのが申し訳ないので、先に食事を出そうかと座敷を覗くのだが、不知火丸はいたためしがない。

以前、睦は男が好きなのかと聞いてきたから、もしかして気を利かせてくれているのだろうか、などとうがったことを考えてしまう。

何度も店の奥を覗いていたら、ある日モリヤに、

「そなた、よくそうして奥を覗きに行くが、誰かいるのかな?」

と聞かれてしまった。ぎくりとして振り返ると、モリヤは盃を手に、「ん?」と笑いを含んだ目でこちらを見つめ返す。

酒で艶の増した目つきは、まともに見ると心臓に悪い。やっぱりいい男だなあと思いながら、軽く首を振った。

「いいえ。あの、近所の犬がたまに、ごはんを食べに来るんです。今日は来ないなと思いまして」

「ほう、近所の犬がな」

「ええ。まだ子犬で、食いしん坊ですが、すごく可愛らしいんですよ」

「そなたは犬好きなのだな」

ふふっと愉快そうに笑う。どこか嬉しそうだったから、モリヤも犬が好きなのだろうと思った。

「その子が来るまでは、さして犬に興味などなかったんですが。その犬はとても美しい毛並みをしていて、素晴らしい犬なんです。食べる姿も上品で」

睦も嬉しくなって、つい不知火丸のことを話してしまう。ずっと、あの愛くるしい姿について誰かに語りたかったのだ。

「ほほう。その犬がずいぶん気に入っているのだな」

「はい。モリヤ様にも会っていただきたかったです。よその犬ですが、すっかり情が移ってしまって、俺にとってはもう家族同然なのです」

そうか、とモリヤは小さくつぶやいた。どこか感じ入るようだった。やっぱり彼は、犬好きらしい。

「犬とは良いものですね。その姿や仕草を見ているだけで癒されます。嬉しいと尻尾が勢いよく振れるのも可愛いですし、その時にちらっと見えるお尻の穴とか、ふぐりがぷりぷり振れるのも可愛らしくて……」

不意にモリヤが、「ぶほっ」と酒を咽せた。ゴホゴホとひどく咽せるので、「大丈夫ですか」と慌てて駆け寄る。そんな睦を、なぜかモリヤは目元を赤らめて睨んだ。

「モリヤ様？」

「……すまんな。いささか酔うたらしい」

げほげほとひとしきり咽せた後、モリヤは残りの酒を飲み、その日は早々に帰ってしまった。酔っていたというのは本当らしく、帰りの足取りはいささかふらついていた。

高貴な方を相手に、尻の穴だのふぐりだの、下《しも》の話をしたのが気に障ったのだろうか。

下品な話をしてしまったかと気を揉んだが、その翌日にはまた何事もなかったかのように現れたので、安心した。

こうして毎日は、あっという間に過ぎていった。しかし、不知火丸の出立の日が直前に迫った日のこと。異変は突然に現れた。

それは朝の遅い時間、睦がいつものように、店の支度をしていた時のことだった。

店の戸が開いて、人の入ってくる気配がした。

「すみません。まだ店は開けてないんです」

まだ暖簾も出していないのに、声もかけずに不躾だ。声をかけつつ振り返ったが、腰に二本を差した物々しい男たちが三人、いや四人、無言のままゾロゾロと中に入ってきて、睦は何か不気味なものを感じた。

男たちは睦が見えているだろうに、やはり無言のまま、店のあちこちを覗いて回る。そのうち、一人が土足のまま奥の座敷へ上がるのを見て、睦は驚いて追いかけた。

「お武家様、困ります。土足でそんな……」

不知火丸はいつものように日向ぼっこをしていたはずだが、縁側にその姿はなかった。愛用の座布団もなくなっている。

ほっとしたのもつかの間、男は押し入れを開け、厠まで覗き、さらには庭先の納屋を見つけてそこまで確かめていた。そのいずれにも不知火丸はいなかったが、男の有無を言わせぬ強引さに恐ろしいものを感じた。

「貴様はここの亭主だな？」

座敷を見回っていた男は店へ戻り、他の男たちも他に誰もいないことを確認すると、ようやく睦に向き直った。

「はい、ここの二代目になりますが、先代は何年も前に亡くなりまして、今は私が店を預かっております。いったい何のご用でしょう」

「ここで、男を匿《かくま》っていると聞いた」

「男？　いいえ、ここに住んでいるのは私一人です。誰がそんな嘘を」

睦は即座に言ったが、男たちは胡乱《うろん》そうな目でこちらを睨んだままだ。

「役者のような男ぶりの、若い武家の男だ。大層な美貌の持ち主だとか。しばらく前から何度もこの店に出入りをしていると、ここの客が申しておる」

モリヤのことだ。この侍たちは、モリヤを探しているのだった。

「確かに、うちに来られるお客様の中に、そのような風貌の方はいらっしゃいます。けれどお客はお客で、うちに住まわせたりはしておりません。お名前すら存じませんし」

心当たりはないのだと言い募ったが、相手はまるで睦を信用していない。はなからモリヤを匿っていると、決めつけているようだった。

「貴様はここで、陰間《かげま》の真似《まね》をしておるのだろう。いい男と見て、ねんごろになったのではないか」

「陰間っ？　そんな馬鹿な」

睦が身体を売っているというのだ。ただの飯屋なのに、どうしてそんなおかしな誤解をされているのだろう。

「うちはただの飯屋です。俺が陰間だなんて」

「以前、貴様を買った浪人たちから、確かにそう聞き及んでおる。金を払って買おうとしたところを、美丈夫に邪魔されたのだとな。その美丈夫が近頃、頻繁に店に通っておるそうではないか」

その話を聞いて睦の頭に浮かんだのは、モリヤと初めて出会った時のことだ。

酔った浪人風の男たちに手籠《てご》めにされそうになったのを、彼に助けられたのだった。

モリヤには二度も酔っ払いから助けてもらったが、二度目は近所の職人だ。職人の男はモリヤに脅されて逃げ帰った後、昼の時間に律儀《りちぎ》に飯を食べに来てくれている。酔って絡んだことも謝ってくれた。

まず、あの時の浪人たちで間違いないだろう。図々しくも彼らは、睦がこの店で男娼をしていると話を歪め、この侍たちに告げたのだ。

「武士に逆らうと、ためにならんぞ。それとも陰間にはそれらしく、身体に聞いたほうがいいか？」

下卑《げび》た笑いは、酔っ払いの浪人たちと同じだった。ぞぞっと鳥肌が立って、睦は後退る。

こちらが怯んだのに気づき、男たちはニヤニヤしながら、一歩前に出る。睦をいたぶるように、周りを囲んで一歩ずつ輪を縮めた。

「ギャウッ」

その時、店の戸口で突然、犬の吠える声がした。その場の皆が振り返る。

不知火丸が四肢を張り、ギャウギャウと激しく吠えたてていた。

「し……」

不知火丸様、と思わず呼びそうになって、慌てて口をつぐんだ。犬に様をつけて呼ぶのも訝しいし、男たちに余計なことを知られたくない。

「し……シロ！」

咄嗟《とっさ》に出まかせの名前を呼んだ。それに呼応したかのように、不知火丸は唸り声を上げ、男たちに今にも飛びかからんと姿勢を低くした。

子犬とはいえ、牙を剝《む》き出しにした獣はそれなりに面倒だと感じたのだろう。男たちがわずかに怯む。

「犬……」

しかし、侍たちの一人、先ほど奥座敷まで覗いた男は、不知火丸を見て、すうっと目を細めた。

「あの男が連れているのも、白い犬だったな」

「しかし、熊ほどもある大犬だとか。これはどう見ても子犬です」

男たちが、ぼそぼそと言葉を交わす。睦はそれを聞いて、顔が強張《こわば》らないようこらえるのに必死だった。

熊ほどもある白い大犬。そんな犬がそこらに何頭もいるとは思えない。

(不知火丸様が、モリヤ様の連れている犬?)

事情はわからないがしかし、今はこの場をやり過ごすのが先決だった。

「シロ！　誰か、人を呼んでおいで！」

大声で睦が言うと、男たちは気色ばんだ。

「貴様、勝手なことを」

睦に摑《つか》みかかろうと近づくと、不知火丸が咆哮し、睦と男たちの間に割って入った。

不知火丸はけたたましく吠え、男たちは腰の刀に手をかけた。不知火丸の力がどれほどかわからないが、多勢に無勢で、男たちは刀を持っている。

睦もそれ以上は声もかけられず、ただハラハラしていた時、店の外で「ムッ坊?」「犬がいるのか?」と、人の声が聞こえた。「めし屋」の客たちだ。

「た、助けて! 刀を持った男たちが四人……押し込みです!」

睦は叫んだ。途端に、目の前の男たちに動揺が広がる。店の外もにわかに騒然とした。

「おい、大変だ。人を呼べ!」

「刀を持ってるんだってよ」

お宮に行け、いや町方だ、と数人の客が騒ぎたてる。なんだどうした、と後から人が集まってくるのが聞こえた。

男の一人が小さく舌打ちをした。仲間たちに目で合図をする。奥へ目を向けたのは、座敷から裏庭に逃げようと考えたかららしい。しかし、そこには睦がいて、その前では不知火丸が相変わらず唸り声を上げていた。

男はもう一度、舌打ちをした。睦を睨みつけると、店の入り口へ向かう。乱暴に戸を開けて店を出た。

「どけ!」

店の前に集まっていた客たちを押しのけ、逃げて行ったようだ。驚いた客が「なんだなんだ」「侍か」と騒いだ後、店の中を恐る恐る覗き込む頃には、睦はへたへたとその場に座り込んでいた。

集まってきた客たちには、ほぼ、ありのままを説明した。

侍が四人、名乗りもせずやってきて、いもしない男を匿っていると言い出したこと。餌付《えづ》けをしていた「シロ」が、窮地を救ってくれたこと。

以前、睦を手籠めにしようとして追い払われた無頼たちが、睦を逆恨みして嘘の情報を流したらしい、とも告げた。

「俺たちが来て逃げて行ったってことは、あの侍たち、後ろ暗いことがあるんじゃないか」

「睦も災難だったな。真正直に商売をやってる人間が割を食うなんて、嫌な話だ」

客たちは睦に同情してくれた。それから、睦を助けたという「シロ」に「よくやったなあ」と声をかける。

「まだ小さいのに、利口な犬だ」

「首輪を巻いてるから飼い犬だろうが、どこの犬かね。ここらで見かけたことはないが。やけに綺麗な毛並みじゃないか」

口々に褒めると、不知火丸は先ほど侍たちを威嚇《いかく》していたのとは打って変わって「キュンッ」と可愛く鳴いた。どこで覚えたのか、愛らしい子犬の演技が板についている。

「シロもですが、皆さんのおかげで助かりました」

睦はよくよく礼を言い、彼らに店の料理を詰め折りにして渡した。

顔なじみの客たちが帰ると、睦は戸口をぴたりと閉めて中からしんばり棒を立てた。今日は休業だ。あんなことがあって、平気な顔で店を開けていられない。

「ありがとうございました、不知火丸様」

戸締りを終え、二人きりになって振り返ると、不知火丸は静かに頭を下げた。目が悲しげな色を帯びている。

『――すまない』

「不知火丸様?」

『私のせいで、そなたの身を危うくしてしまった。先ほどの侍たち、恐らくは敵の配下だ』

やはり、不知火丸とモリヤは関係があるのだ。

「不知火丸様は、モリヤ様とお知り合いなのですね」

睦が言うと、不知火丸は小さく首を横に振った。

『知り合いではない。だが関係はある。そなたに秘密にしていたことがある』

不知火丸は、観念したかのようにうなだれた。その身体がむくむくと大きくなる。

そして人間の大人ほどの大きさになったかと思うと、瞬く間に人の姿へと変わった。

目の前に、逞しい美丈夫が現れる。暗い色の小袖《こそで》に袴《はかま》、腰には二本刀を差した、睦もよく知る男だった。

手首には、店に客としてきた時にはなかった布が巻かれている。睦が不知火丸の組紐を隠すために作った、あの首輪と同じものだ。

「モリヤ様……」

不知火丸が、モリヤに変わった。目の前で起こったことが、にわかには信じられなかった。以前、大犬が子犬になるのを見たのだから、そう驚くことではないのかもしれない。だが睦は、今の今まで、不知火丸が人間になるなど夢にも思わなかったのだ。

「不知火丸様が、モリヤ様？」

つぶやくと、モリヤ……いや、不知火丸は気まずそうな顔をしつつもうなずいた。

「ここに来た時は血を流しすぎて、力を失っていた。姿を変えるのにも力を使う。そのため、しばらくは人の姿に戻れなかった。いずれ回復した時には、正体を明かそうと思っていたのだ」

「人の姿が、本当の姿なのですか」

聞きたいことは色々あったが、ありすぎて、わりとどうでもいいことを聞いてしまう。

「どちらも私の姿だ。ただ、以前に半妖だと申したが、これまでは人として、人の世で生きてきた。だから、大半は人の姿で過ごしていた」

不知火丸は言いながら、奥の座敷へと向かう。どうするのかと思ったら、縁側から庭に下りた。縁の下から何やら拾い上げたのは、愛用の座布団だった。

「不穏な気配を感じたので、咄嗟に縁の下にこれを隠しておいたのだ」

ただの飯屋にはふさわしくない、上等な座布団だ。これがあったら、いかにも怪しまれただろう。

不知火丸は、苦しげな表情で、何か考えるようにじっと座布団を睨んでいた。

やがて「睦」とこちらを振り返る。

「……睦、すまない。私のせいで、そなたにまで難が及んでしまった」

睦は黙って首を横に振った。先ほどの男たちが、あれで諦めたとは思えない。人気《ひとけ》がなくなったと見たら、また現れるかもしれない。

考えると恐ろしいが、しかしそれは、不知火丸のせいではないのだ。

「俺のことはいいんです。それより不知火丸様。早くお逃げください」

店を閉めたのは、不知火丸を逃がす準備をするためでもあった。

「睦、そなたは……」

睦が言うと、不知火丸は息を呑んだ。だがすぐに苦しそうな顔になり、ぎゅっと唇をかみしめる。

しかしすぐに、何かを決意したかのように顔を上げた。

「いいや、だめだ。――睦」

不知火丸の双眸《そうぼう》が、鋭くこちらを見つめる。あまりにも真剣な眼差《まなざ》しに、睦はわずかに怯んだ。こんなにも真剣な目でモリヤ……人の姿の不知火丸から、見つめられたことがなかったからである。

「そなたを置いては行けぬ。この上はどうか、私と共に逃げてくれ」

思わぬ申し出に、睦はただ驚いた。不知火丸は睦に近づくと、懇願するように「頼む」と繰り返した。

「今、そなたがここにいては危ういのだ。奴らはまだ、私のことを諦めてはおらん。布佐の侍が隣国で騒ぎを起こしてはならぬゆえ、先ほどは人目を気にして一度去ったのだろう。奴らは必ずまたここに戻ってくる。あの様子ではそなたの命を奪うこともいとわぬだろう」

睦も、先ほどの男たちの目つきを思い出してゾッとする。睦が陰間だと言い張って、無体を働こうとしていた。

「今からここを出れば、人の足でも満月の夜までに里へ辿《たど》りつけるだろう。そこで、事が終わるまでそなたをかくまってもらう。時が来ればまた、この場所にも戻って来れよう。だから、今はこらえてついてきてくれぬか」

突然の申し出に呆然としていた睦は、ようやく不知火丸の言葉が飲み込めた。

ここは危ないから、睦も一緒に、連れて行ってくれると言うのだ。

「でも……俺、足手まといになります」

ゆるゆるとかぶりを振った。本当はついていきたい。

不知火丸は、モリヤだった。不知火丸がいなくなれば、当然ながらモリヤも店には来られなくなる。

もうじき来る不知火丸との別れを、モリヤの存在で埋めようとしていたのに、それは叶《かな》わなくなるのだ。

そのことに今さらながら気づき、目の前が真っ暗になった。

不知火丸は、そんな自分勝手な睦の身を案じてくれている。ついていきたい。でも、これから大義を果たそうという不知火丸の邪魔をしたくない。

「そなたのことは、私が必ず守る。私の命の恩人だと言えば、里の者たちはそなたを歓迎するだろう。睦、頼む。もう時がないのだ」

焦りの滲《にじ》む声が言い、睦も今の状況を思い出した。もうすぐにでも、あの侍たちが戻ってくるかもしれない。

睦が渋るのを、店を離れたくないからだと不知火丸は誤解しているようだった。

確かに、睦も店を離れるのは寂しい。馴染みの客も多いし、たまに酔っ払いに絡まれるのは困りものだが、養い親との思い出深い場所だ。

でも養父は、睦に店を継げとは言わなかった。自分が国を捨ててこの地に移り住んだように、睦が睦の意志で生き方を決めるのを望んでいた。

料理が好きなら、別の店に修業に出ろと再三言っていたのもそのためだ。

でもそれは、睦の望みではなかった。睦には今まで、望む生き方などなかった。

今はある。自分は、許されるなら不知火丸についていきたい。料理なら別の場所でもできる。

(俺にとって、不知火丸様が何より大切なんだ)

いつの間にか、かけがえのない存在になっていた。半妖で姿は犬だけど、そんなことは関係なかった。

「本当に、俺がついていってもいいですか」

相手を見つめ返すと、不知火丸の表情に安堵と喜びの色が宿った。

「ああ。頼む。ついてきてくれ」

大きくうなずいて手を差し伸べた、不知火丸の胸に睦は思わず飛び込んだ。抱きつくと、優しい日向の匂いがする。やっぱり不知火丸だ。

「俺を、連れて行ってください」

「睦……」

抱きつかれた不知火丸は驚いた声を上げたが、やがて強く睦を抱きしめてくれた。

「ああ。共に行こう」

それから、大急ぎで支度をした。

不知火丸の里へは、山を越えて行かねばならない。睦もたまに山に入ることはあるが、山越えや、まして冬山を歩くのは初めてだった。

睦は寒さをしのぐため、着物を幾重《いくえ》にも重ねた上に、不知火丸に買ってもらった半纏を羽織り、山に入る時に使う藁蓑《わらみの》と藁長靴を納屋から引っ張り出して身につけた。

食糧は、不知火丸の出立に備えておいたから、すぐに持ち出すことができた。ついでに、店にある食材も持てるだけ持っていくことにする。残していっても腐るだけだ。

一方、睦の旅支度を手伝っていた不知火丸は、小袖と袴姿の軽装のままだ。睦は半纏や藁蓑を差し出そうとしたのだが、「このままでいい」と言われた。

「ここでゆっくり養生したおかげで、もう自在に変化《へんげ》することができるからな」

大犬の姿で行くから、問題がないというわけだ。

身支度を終えると、家の戸締りをして、店の外にはしばらく留守にすると張り紙を張った。

最後に、睦は押し入れの奥深くにしまっていた、一本の小刀を取り出す。養父が山に入る時に使っていたもので、睦が受け継いだ。

(親父様、俺は不知火丸様についていきます。どうか俺たちをお守りください)

心の中で養父に念じ、小刀を懐にしまう。食べ物や水が入った荷物を背負い、すっかり支度は整った。

「では行くか」

裏庭に出ると、不知火丸は言い、あっという間に真っ白な大犬に姿を変えた。

初めて出会った時、月明かりの下で見た、あの姿だ。昼間にこの姿を見るのは、初めてだった。

睦は我知らず、息を呑む。大犬となった不知火丸の毛並みは、子犬のそれより毛足が長く、煌めくように艶を帯び、うっとりするくらい美しかった。

座っていても、睦が見上げるほど背が高い。前足だけで、睦の胴体くらいあった。

不思議なのは、睦が手作りした布製の首輪も、一緒に大きくなっているところだ。その下に隠れている組み紐も、不知火丸の変化に合わせて自在に伸び縮みしていた。

『この姿、恐ろしいか』

黙って見惚れていると、不知火丸はまた勘違いをしたのか、気づかわしげな声を出す。大きくなっても、彼は彼だ。

「まさか」

睦はクスッと笑うと、不知火丸の前足にばふっと抱きついた。ぐりぐりと被毛にほおずりする。不知火丸は『うおっ』と、驚いた声を上げた。

「姿が大きくなっても、不知火丸様の匂いがします」

日向の匂いだ。この匂いを嗅《か》ぐと、安心する。しかし、不知火丸はスンスンと匂いを嗅ぐ睦に『こら……』と、困惑した声を上げていた。

『そなた、なかなか大胆だな。私がモリヤの時は、顔を赤らめておどおどしておったのに』

そういえば、モリヤの時の不知火丸は、睦にとって憧れの美剣士なのだった。

不知火丸の前で、いろいろとモリヤのことを話した気がする。

今さらに思い出して顔を赤くしていると、不知火丸もソワソワと尻尾を揺らした。

『まあいい。あまり悠長に話をしていられない。奴らの匂いが近づいてきている』

先ほどの侍たちが、また店の近くまで戻ってきているのだ。

『追手を撒《ま》くまで、しばらく走る。睦、乗れ』

言って、不知火丸は足を折った。睦は馬にも乗ったことがない。恐る恐る、その背によじ登る。ものすごく高い。不知火丸が立ち上がると、視界がさらに高くなった。

『そなたが作ってくれた首輪が、ちょうどいい手綱《たづな》になろう。しっかり捉《つか》まっていろ』

その言葉に従い、睦は目の前の首輪を両手で握った。

『行くぞ』

「わぁっ」

不知火丸が走り出し、その勢いに睦の身体も大きく揺れる。振り落とされないよう、必死で縋《すが》った。

風がびゅうびゅうと流れ、周りの景色がものすごい速度で通り過ぎていく。

「速い！　すごく速いです、不知火丸様！」

はじめこそ、こわごわと首輪にしがみついていた睦だったが、爽快な速さにすぐ夢中になった。逃げていることも忘れ、はしゃいでしまう。

『あまり喋ると、舌を噛《か》むぞ』

不知火丸もまた、呆れつつも楽しげな声で言う。

里を抜け、やがて山の深くに至るまで、不知火丸はしばらく風を切って走り続けた。


布佐国の主、黒柄家では今、密かにただならぬ事態が起こっている。

その発端は城主の側室、美雲《みくも》という女人にあった。

『ことのすべては、美雲が子を望んだことから始まった。側室として、ごく当たり前の願いだったが……』

闇の中、橙《だいだい》色《いろ》の温かな火が揺らめいている。睦が木をくべると、パチパチと爆《は》ぜた。

不知火丸と睦は今、山の中にいる。

昼間、布佐国から来た追手を撒くべく、不知火丸は睦を背に乗せ、山深くまで駆け抜けた。

山に入ってからは睦を降ろし、狼《おおかみ》ほどの大きさに姿を変えて、日が傾きかけるまで山を歩いた。

不知火丸いわく、あの巨体のままで疾走を続けると、森に住む鳥獣や物の怪たちを怖がらせてしまうのだそうだ。

森の脅威は、瞬く間に周囲へ伝わる。こちらの動きが敵方に知られる恐れがあった。よって山の中であっても、不知火丸は一介の狼か野犬のふりをして歩く必要があったのである。

日が沈む前に、二人は岩場に自然にできた洞穴にたどり着き、そこで野宿をすることに決めた。

この洞穴は、不知火丸がこれまでに鍛錬と称して山を駆けていた時、見つけたものだという。乾いた焚《た》き木や、途中の水場となった沢も、彼が見つけてきてくれた。

火を起こし、店から持ってきた川魚を焼いた。握り飯と、卵焼きもあった。あとは漬物と野菜が少し。おかげで明日くらいまでは、旅のわりに豪勢な食事をすることができる。

不知火丸も、思いのほか贅沢な夕餉に喜んでいた。

腹がくちくなると、洞穴の中で不知火丸は元の大犬の姿になる。横たわった彼を背もたれにして、睦もくつろぐ。焚火《たきび》にあたりつつ、ふかふかの尻尾を上掛けがわりに拝借した。暖かくて、とても満ち足りた気持ちになる。

敵から逃げているというのが嘘のようだった。

焚火の番をしながら、不知火丸はやがて、ぽつりぽつりと語り始めた。

睦に累が及ぶことを考え、これまでは詳しく素性を語ることはなかった。だがもう、こうなった上はすべてを打ち明けるべきだろう。

そう言って、不知火丸は己の素性、そして布佐国で何があって逃げてきたのか、一つ一つつまびらかにしたのである。

『布佐の城主、黒柄芳智には、正室のほかに二人の側室がいた。一人が美雲、そしてもう一人が黒曜《こくよう》という、私の母だ』

まず最初に明かされた事実に、睦は驚いた。

「それじゃあ、不知火丸様はお殿様のご子息なのですか」

御前様、不知火丸が救わねばならない主とは、自身の父親だったのだ。

不知火丸は場合によっては、世継ぎということにもなる。高貴な人だと思っていたが、そこまで身分の高い人だとは思わなかった。

『そうだが、世継ぎにはならん。私には半分、妖しの血が流れている。半分とはいえ、妖しが人を統《す》べると、いずれ人と妖しとの間で軋轢《あつれき》が起こるやもしれん。母、黒曜との間に生まれた子を世継ぎにしないこと。その約束で、母の一族は父と母の婚姻を許した』

黒曜ら大犬の妖したちは、自らのことを『狛妖《はくよう》』と名乗っているのだという。

その狛妖の一族には、妖しなりの掟《おきて》があるらしい。そういえば以前、不知火丸は似たようなことを言っていた。

半妖の身だから、妻を娶《めと》ることも子を成すこともしないのだと。あれは、城主の身内にこれ以上、妖しの血が入らないようにということだったのだ。

『私の本当の名は、黒柄戊之丞芳篤《くろえもりのじょうよしあつ》。不知火丸は幼名だ』

「もりのじょう……もり……モリヤ様、というわけですか」

モリヤというのも、咄嗟の偽名だったらしい。

「戊之丞様……いいえ、これからは黒柄様とお呼びするべきでしょうか」

身分の高い人は、睦たち町人のように軽々しく名前を呼ばないのだと聞いたことがある。姓の黒柄か、親しい者でも戊之丞という字《あざな》を呼ぶのが習わしらしい。元服前の幼名をこのまま呼ぶのは、失礼ではないだろうか。

『いいや。これからも不知火丸と呼んでくれ。そなたには、そう呼ばれるほうがしっくりくる』

言われて、安心した。少なくとも二人きりの時は、今までどおりでいられる。やんごとなき身の上だと聞かされても、睦にとって不知火丸は不知火丸だった。

『母は一族の姫だったが、自由な性質でな。人里に下りて人と過ごすのを好んだ』

人間のふりをして生きていたが、そこで黒柄の城主に見初められ、ぜひにと請われて城に上がったのだという。

城主が黒曜を娶る際には、城主と狛妖の一族との間でいろいろと悶着《もんちゃく》があったそうだが、今回の騒動とは関わりがない。

　ともかく、城主は黒曜が妖しだと知りながらも彼女を寵愛した。ちなみに、黒曜の正体を知るのは、城主とごくごく限られた側近だけである。

『母の黒曜は、父の三番目の妻だ。正室は姫を二人産み、その後、跡取りを産んだ。五年して私が生まれたが、もう一人の側室、美雲にはまだ、一人も子が生まれていなかった』

　正室も、後から来た黒曜も男子を産んだのに、自分には一人も子供がいない。

　さらに城主は、黒曜を深く寵愛したため、美雲はますます孤独を深めた。年を重ねればそれだけ、子を成すことは難しくなるのに、殿の御渡りは減っていく一方だ。

　子を産まない側室に、口さがなく言う連中もいたかもしれない。

『父は良き城主ではあったが、男としてはいささか、情緒の機微に疎かった。もう少し、子のない側室を労わってやればよかったのかもしれん』

　美雲の心にはやがて、闇が濃く広がった。そのことに城主も黒曜も、ましてや生まれたばかりの不知火丸が気づくはずがない。

『私が生まれてから間もなく、美雲は比延という僧侶と出会い、何かと頼るようになったらしい』

　もともと美雲は信心深い女人だったらしく、それより以前も、霊験あらたかだという旅の法師に祈禱《きとう》を頼んでみたり、子宝が授かると聞けば、怪しげなまじないにも手を出していた。

だから、美雲が比延と名乗る老僧をたびたび城に呼び寄せ、次第に傾倒するようになっても、おかしいこととは思われなかった。

『比延は老獪《ろうかい》だった。誰にも気づかれぬよう、ゆっくりと美雲を取り込んでいった』

この老僧は滅多にその姿を人に晒すことはなく、美雲以外の誰かとやり取りをする必要がある際には、美雲か美雲が信頼する侍女を介して行われた。

城内では比延の名をたびたび耳にしたが、皆、名を聞くばかりで姿を見た者はほとんどいなかった。

不知火丸が元服した頃、美雲が男子を産んだ。

城主も喜び、これも比延様のおかげかもしれないと、美雲ばかりか城内の者たちも、老僧に一目置くようになったという。

美雲はますます比延上人を崇《あが》め、何に付けても彼を頼るようになる。

生まれた男子は月足らずで、生まれた当時は命さえも危ぶまれたのに、一年ほど経つと同じ赤子かと驚くほどに頑健になり、めきめきと成長した。

男子に恵まれたおかげか、美雲は人が変わったように明るく、美しくなり、城主も次第に心を傾けていく。長らく黒曜にあった寵愛は、この時を境に美雲に移っていった。

ところが、それからほどなくして、城内ではたびたび良くないことが起こるようになった。

まず、正室が突然の熱に倒れた。看病をする間もなく、二日ほど熱に苦しんで亡くなってしまう。

するとと今度は、正室の産んだ嫡男、それに数人の重臣たちがバタバタと似たような熱で倒れた。

幸いにも彼らは、比延が作ったという万能薬で一命をとりとめたものの、嫡男はそれから病が抜けきらず、伏せりがちになった。

『兄君は、もともと父によく似た逞しい男だったが、その熱病を境に、別人のように青白くやせ衰えていった』

城内でただならぬ事態が起こっている。そのことに不知火丸と母、黒曜が気づいた時にはすでに遅かった。

比延は長い年月をかけて周到に城内へ入り込み、味方を増やしていたのである。

『美雲に寵が移った後、私と母は家臣たちによって徐々に城主から遠ざけられるようになり、我々が気づいた時には、御前へのお目通りもかなわない事態になっていた』

それでも不知火丸と黒曜は、一部の信頼できる家臣たちと通じ、城で何が起こっているのかを突き止めた。

城主は比延の息のかかった家臣たちと、寵愛を受けているという美雲の手によって、城の奥深くに閉じ込められていた。

外からは幽閉されていると気づかれないよう、あたかも城主が自分から籠《こも》っているように見せかけて、彼の自由を奪っていたのだ。

「いったい比延とは、何者なのですか」

聞く限りでも、ただの人間とは思えない。

『比延の正体は狒々《ひひ》だ。猿のなれの果て、大狒々《おおひひ》の妖しよ』

「大狒々……」

『妖しにも様々な者がいる。我ら狛妖の一族は、できるだけ人の世には干渉しないよう、里を作ってそこで暮らしている。だが狒々どもは違う。人に紛れ、人を利用したり壊したり、意のままに操るのを至上の楽しみとしておるのだ』

不知火丸の声には、憎しみがこもっていた。彼の半分は人間で、自分の父親が大狒々に捕らわれているのだ。憎むのも当然だろう。

『熱病で一度倒れた家臣たちも、比延の仲間だ。いや、家臣たちは実際には比延に殺され、比延の仲間と入れ替わっていたのだ』

大狒々たちは、都合の悪い者を殺し、手足として使うのに便利な者もやはり殺して、中身だけ入れ替わった。

『奴らは人間の中身を食って、その皮を被《かぶ》って食った人間に成りすます。外側は人間だから、同じ妖したちにもなかなか気づかれない』

中身を食って皮を被る。睦はその光景を想像し、ゾッと身を震わせた。

「ではなぜ、ご嫡男とお殿様は殺されなかったのでしょう。いえ、それならみんな殺して入れ替わったほうが、面倒がないのでは」

恐ろしい考えだが、邪悪な狒々ならばそう考えるのではないか。

『その通り。私と母がいなければ、奴らは城内の者を残らず殺して成り代わっていただろう』

不知火丸と黒曜ら、狛妖たちは、怪しい気配を察知したり、呪詛《じゅそ》を撥《は》ね除《の》ける力がある。

二人が城を守っていることを知っていたからこそ、大狒々たちは比延という僧侶のふりをして、時間をかけて城内に入り込む必要があったのだった。

正室が亡くなった時、邪悪な気配を察した不知火丸は、念のためにと嫡男に自らの妖力を分け与え、兄君を守っていた。

しかし比延の呪詛は強力だった。不知火丸の守護によって一命を取り留めたものの、兄君はいまだ呪詛によって身体を壊したままだ。

今は療養のためと称して、妻子を連れて城を脱し、正室の実家の菩提寺《ぼだいじ》に身を隠していた。

城を出てから病状が悪化することはなくなったが、回復もしていない。

『父には、母から我が一族の守りを与えていた。私が首から下げている、これだ』

睦が振り返ると、不知火丸は首に巻かれた布の首輪を前足でちょっとずらしてみせた。

そこにあるのは、色鮮やかな美しい組み紐だ。

『我ら狛妖は、生まれた時に里の長から、この守りの組み紐を授かる』

守りは一人に一つだけ。この世でただ一つの守りだ。

この組み紐が、持ち主の身を守ってくれるのだという。刀で斬られたり、爪で裂かれたりといった、妖しならざる力からは守ることができないが、妖力は撥ね除けられる。

『母は父に見初められて想いを交わした際、自分の守りを父に与えた。あれがある限り、狒狒どもは父を取り殺すことはできない。刀や爪で切り裂けば殺すこともできるが、そうすると皮をかぶって成り変わることができないからな』

ならばいっそ、城主を殺してしまいたいところだろうが、今死なれるのも大狒々たちにとって都合が悪い。

嫡男はどこかへ逃げてしまった。次男は大狒々に仇《あだ》なす妖しの身で、美雲が産んだ三男はまだ元服前の子供である。三男が国を継げば、周辺の国々が何やら仕掛けてくるかもしれない。それは面倒だ。

城主を殺せないから、大狒々たちは城主を人知れず幽閉するしかなかったのだ。

『逆に言えば、父……御前様にとって、命の綱は守りの組み紐だけだ。美雲の子に跡を継がせる算段が整えば、用済みとばかりに殺されてしまうだろう。御前様は今も周囲を大狒々たちに囲まれ、日々、命の危機を感じておられる』

不知火丸は、ギリリと鋭い牙を噛みしめた。

『布佐国は豊かで良い国だ。治水をし、強い苗を植えさせ、民に読み書きを覚えさせた。周りの国を見ても、布佐より豊かで行き届いた国はないと、私は思っている』

確かに、睦が幼い頃にあった飢饉でも、ほうぼうの国で餓死者が出たが、布佐だけは飢饉を免れた。農作に力を入れ、飢饉や不測の事態に備えて蓄えをしていたおかげだと、養い親から聞いた。睦の国には、布佐国城主の妹が嫁いでいて、それで飢饉の際、布佐国が手を差し伸べてくれたのだそうだ。

『代々の城主たちは、国と民を豊かにすることに注力してきた。家臣たちは城主を敬い、その志を支えてきたのだ。私は、自分もそんな黒柄の出自であることが誇らしかった。家臣の一人として、父や兄を支えることを喜びとしていた』

不知火丸は半分、妖しだが、もう半分は人間だ。人として、布佐国に生涯仕える覚悟だった。

『だが、我が国は豊かになったことで、かえって大狒々たちに目を付けられてしまった。大狒々たちは、豊かな布佐国に寄生して放蕩《ほうとう》の限りを尽くしている。奴らにとっては、人間たちの築いたものを奪い、人間が苦しみながら滅びるのを見るのが至極の愉悦なのだ』

妖しとは恐ろしい存在だ。睦は思い、それからすぐにその考えを打ち消した。

恐ろしいのは比延をはじめとする大狒々の一族で、不知火丸は違う。妖しにも様々あるのだと、彼も言っていた。

「その大狒々たちから、お父上をお救いするのが、不知火丸様のご大儀なのですね」

城主は今も命の危険を感じながら、城の奥深くで耐えている。不知火丸は、グウッ……悔しそうに獣の唸り声を上げた。

『そうだ。これまでも私たちは、なんとか御前様をお救いしようとした。だがどれも失敗し、逆に奴らによって深手を負わされてしまった』

不知火丸と黒曜は、正気の家臣たちを密かに集め、城主を助ける機会をうかがっていた。しかし、今一歩のところで比延たちに気づかれ、逆襲に遭ったのである。

比延や重臣たちは、人のふりをしているが実は妖し。人間がまともに対峙《たいじ》したら、ひとたまりもない。

そして黒曜は妖しとはいえ一族の姫君、守ることはできても戦いには慣れていない。守りの組み紐も夫に与えてしまった。

不知火丸は、家臣らと母を逃がすため、一人で盾となって大狒々たちと戦った。大狒々たちの牙と爪をかわしつつ、どうにか味方を無事に逃がしたものの、自分は深手を負って、命からがら遁走《とんそう》する羽目に陥ったのである。

『母や家臣らとは、何かあれば狛妖の里で落ち合う手はずだった。だが、すぐにそこへ向かっては、大狒々たちに里の場所が知られてしまう』

そこで、不知火丸は隣国の上尾国へ向かった。

何か当てがあったわけではない。満身創痍《まんしんそうい》で山を越えていた時、咄嗟に睦と睦の『めし屋』

を思い出したからだった。

「俺の？」

そこで自分の名が出てきたことに、睦は驚いた。

だがそういえば、不知火丸は傷ついた大犬の姿で現れる以前、人間のモリヤの姿で店に現れたのである。あれが実は、不知火丸との最初の出会いだったのだが、なぜ彼はあの時、隣国に来ていたのだろう。

『あの時は、周辺の国々を偵察しに回っていたのだ』

布佐の城主が密かに幽閉されている中、周りの国々と何か事があれば、布佐の一大事となる。不知火丸は周辺の国々の動向を見回り、さらに『草』との連絡を取ろうとしていた。

「草？」

何のことやらわからず、睦は首を傾げる。

『たとえば、そなたの養い親のことだ』

「親父様が、草？」

『間諜《かんちょう》の意味もあるが、それよりもっと緩やかな、協力者と言ったところかな。もとは布佐国にいた者が、ゆえあって国元を離れる時、何かあれば助力を頼むとあらかじめ申し出ておくのだ』

国を出る理由はそれぞれにあり、つまらない喧嘩で放逐された者もいれば、他国の家に嫁いで出て行く者もいる。男女かかわらず、年も様々だ。

布佐国に忠義があっても、出て行かざるを得ない者たちに、密かに『草』の役割を頼んでおくのだ。

彼らは他の土地に根付き、ごく普通に暮らす。

ただ時折、布佐国から協力を請われれば、その土地の情報を流したり、あるいは人を匿ったり、手を貸すのである。

『そなたの養父も、そうした「草」の一人だった。国を出た詳しい理由は聞いていないが、妻を亡くしてから国元を離れたのだという』

「はい。俺もそう聞いています。でも親父様がそんな、密命を帯びていたとは。俺は何も聞いていなかったのに」

『密命というほど大層なものではない。それも一代限り、当人にだけ約束させるものだ。当人が死ねば、それで布佐国との縁も切れる。そなたが聞かされていないのも当然だ』

不知火丸は、門前町で『草』の一人が飯屋を営んでいるとだけ聞いていた。いまだ『草』がそこに生きているか確認するために、あの時、店に立ち寄ったのだった。

『するとそなたが、酔った浪人たちに襲われていた』

咄嗟に助けたのが、睦との出会いだった。

「その節はありがとうございます。本当に助かりました」

あの時、不知火丸に助けられなかったらどうなっていたか。思い出しても恐ろしい。

『いや。しかし、それがきっかけでそなたと縁ができたのだから、不思議なものだな』

聞けば、先代の主人は亡くなっているという。『草』との縁は、これで切れてしまったのである。

『だが、そなたが礼だと言って出してくれた料理は、どれも美味かったし、そなたの気働きも心地のよいものだった。それまで国の大事に鬱々《うつうつ》としていた心が、束の間《つかま》安らいだ』

味方は母と、少数の家臣だけ。城主の子息でありながら、間諜の真似事をしてほうぼうへ偵察にも行かなければならない。

殺伐とした日々の中で、睦との出会いはホッとする出来事だった。だからこそ、一度会ったきりの睦のことを、いつまでも覚えていたのだろう。

『闇の中、傷つきながら行く当てもなく走り回っていた時、咄嗟にそなたのことを思い出した』

睦ならば、もしかしたら妖しの自分にでも手を差し伸べてくれるかもしれない。

果たして睦は、怯えたり驚いたり、時に文句を言いながらも、突然現れた妖しを助けて、介抱してくれた。

『そなたの助けがなく、あのまま山に追い返されていたら、私はあの傷がもとで死んでいたかもしれない。私こそ礼を言わねばならん。本当にありがとう。それに申し訳ない』

睦が大事な店を閉めて逃げることになったのを、不知火丸はまた気に病んでいる。

「もう、そのことはいいんですよ」

だから睦はそう言って、笑い飛ばした。むしろ、不知火丸と逃げることになって良かったとさえ思っている。

「不知火丸様が、いつか布佐に帰ってしまうことはわかっていたのに、もうじき出て行くと聞かされて、悲しくて仕方がありませんでした。憧れの美剣士が夜ごと店に来てくれたので、心が慰められましたが」

『美剣士……』

改めて自分のことをそう呼ばれて、不知火丸はこそばゆそうだ。グウ、と犬の声で小さくため息をつく。

「不知火丸様がいなくなっても、モリヤ様がいてくれれば少しは気が晴れるだろうって、自分に言い聞かせてたんです。でも、不知火丸様がモリヤ様だったなんて」

『言わずにいて悪かったな』

ばつが悪そうに、不知火丸が言う。

『そなたの言う「美剣士」とやらが私のことだとは、知らなかったのだ』

あの時はだいぶ妖力が戻っていて、自由に変化もできるようになっていた。頃合いを見て人の姿を取り、実はいつぞやの侍である……と正体を明かそうと考えていた。

そんな矢先、夜に座敷で休んでいたら、睦が酔い客に絡まれている声が聞こえた。助けなければ、と不知火丸は店に出ようとした。

けれど、小さな子犬の姿では、大して威嚇にならないだろう。かといって成犬に姿を変えては、相手を怯えさせてしまいそうだ。あの店は凶暴な犬がいる、などと噂が立ったら、客が来なくなってしまう。

考えて、人の姿を取ることにした、というわけだ。

酔い客を退散させて、素知らぬ顔で飯を馳走になった。その後で正体を明かそうと、いたずらめいたことを考えていたのだが、睦があまりに「美剣士」と持ち上げ、熱に浮かされたように語るものだから、実はその侍は自分なのだと言えなくなってしまった。

「言ってくだされればよかったのに」

つい、恨みがましい声になる。

まさか本人が目の前にいるとは知らず、モリヤについてのろけまくった。恥ずかしい。

『すまぬ。何度も言おうとはしたのだ』

モリヤとして店に通い、実は私は不知火丸である、と打ち明けようとしたのだが、睦は無邪気に自分を慕ってくる。おまけに、可愛い迷い犬がいるのだと不知火丸の話もされて、ますます口に出せなくなってしまった。

『そなたが私の尻を熱心に見ていたとは、知らなんだのでな』

不知火丸も、ちょっと恨めしそうに言う。「あれは……」と、睦は赤くなった。

ぷりっとしたふぐりや尻の穴が可愛いのだと、本人に向かって言っていた。聞いているほうは気まずかっただろう。

そういえば、あの話をモリヤにしてから、不知火丸は睦に尻を見せてくれなくなった気がする。尻尾を振る時は、わざわざ向きを変えたりしていた。

「と、いうことは。俺は、モリヤ様の尻の穴やふぐりを見ていた、ということになりますね？」

はた、と思いつく。人の姿の不知火丸が尻を向けているところを想像した。

「ああっ、恥ずかしい！」

『待て。そなた今、何を想像しているのだ？』

ガウッ、と後ろで不知火丸が、焦った声を上げる。睦はいたたまれず、両手で顔を覆った。

だめだと思っているのに、人間の不知火丸の裸など想像してしまう。

「すみません。申し訳ありません……と、言っているそばから、また頭の中に破廉恥《はれんち》な不知火丸様姿が」

『おい！』

二人はしばし、敵に追われているということも忘れて、やいのやいのと騒いでいた。

冬山を分け入って歩き続けるのは、決して楽なものではなかったが、睦《むつ》は辛《つら》いとは思わなかった。

傍らにはいつも不知火丸《しらぬいまる》がいる。その不知火丸は、常に睦のことを考えてくれていた。狼《おおかみ》ほどの大きさで隣を歩くが、険しい岩場や切り立った斜面に出ると、先に立って睦が歩ける場所を探したり、それも難しい場合は背に乗せたり口にくわえて登ってくれた。

山道に慣れない睦は明らかに足手まといなのに、そんなことはおくびにも出さない。

彼の義理堅さと思いやりの深さを思うと、睦は胸がいっぱいになる。

確かに、不知火丸を匿《かくま》ったおかげで、睦も危険な目に遭った。しかし、不知火丸には城主と国を救うという大義がある。

その大義の前には、睦のような町人一人の命など、問題にもならない。武家の人々の多くは、そのように考えるはずだ。

匿ったのが不知火丸でなければ、睦は見捨てられていたかもしれない。

城主の子息でありながら、身を削って国や民たちに尽くす彼の姿にも、畏敬《いけい》の念を感じずにはいられなかった。

彼のために尽くしたい、彼の力になりたいと切に思う。

生まれてから今日まで、こんなにも強く何かをしたいと願ったことはなかった。できる限り、不知火丸の近くにいたい。そして彼のために生きたい。

これも忠義というのだろうか。睦にはわからない。今まで、これと同じ思いを誰にも感じたことがなかった。

「疲れたか?」

しばらく、ぼんやりしていたらしい。人の姿をした不知火丸が、焚火《たきび》で肉を炙《あぶ》る手を止めて、心配そうに睦の顔を窺《うかが》った。

「いいえ、大丈夫です。あ、肉はもう食べられそうですね」

追手から逃げて二日目、今日も朝から日が暮れる直前まで、山を歩き続けた。さすがに少し疲れたが、気力はまだ充実している。

今日も不知火丸が雨風を凌《しの》げる岩場を見つけ、そこを宿とした。火を起こす前に、不知火丸が犬の姿で周辺を偵察し、安全を確認してから腰を落ち着けた。

今、焼いている肉は、偵察がてら不知火丸が狩ってきたヤマドリだ。睦が毛を毟《むし》り、肉をさばいた。店から持ってきたわずかな野菜も火で軽く炙る。

不知火丸は夕食の手伝いをするのに、人間の姿に戻っていた。犬の姿でも、たいがい前足で器用にこなすが、さすがに料理は無理だ。

「こんなことなら、米と鍋も持って来ればよかったですね」

水場は不知火丸が探してくるので、煮炊きの水に困らない。ヤマドリも狩ってきてもらって、これで鍋があれば本格的な料理ができる。もっとも、そんな悠長なことを考えていられるのも、不知火丸がいてくれるおかげだろう。彼が睦に心を砕いているおかげで、安心して旅を続けられる。

「さすがに鍋は重かろう。なに、これでもじゅうぶんすぎるほどだ。糒《ほしいい》も野菜も揃《そろ》っておる。睦が前もって準備をしてくれていたおかげだな」

「肉は、不知火丸様が狩ってくださったものですよ」

「狩るのはいいが、今まで厨房の者に任せきりだったからな。捌《さば》き方がわからんのだ。焼き方も意外とむずかしい」

不知火丸が、神妙な顔で火から外した肉を観察するのを見て、睦はおかしくなった。

不知火丸にはたまに、こうして可愛らしいと感じることがある。一人で何でもできる人だが、つい手を貸してお世話をしたいと思わせる、隙のようなものがある。

彼のそういうところが、睦はとびきり愛《いと》しいと思うのだった。

(愛しい……)

はたと気づいた。そう、睦は不知火丸が愛しい。不知火丸に対して、泉のように湧き溢《あふ》れるこの激しい感情は、愛というものなのだと、睦は唐突に理解した。

不知火丸と出会ってから芽生えたこの思いを何と呼ぶのか、しばらくわからずにいたが、実に簡単なことだった。

睦は不知火丸を愛しく思っている。それは友愛であり忠義であり、また肉親への情でもあり、さらに恋でもあった。

「睦。やはり疲れているのだろう。食べたらすぐに休むといい」

自分の気持ちに気づいて呆然《ぼうぜん》とする睦に、不知火丸が気がかりそうに言う。

すっと手が伸びて、睦の額《ひたい》に触れた。

「わ」

「熱はないようだな」

大きくて骨ばった手が離れていく。今さらながら、彼が人の姿を取っていることを思い出し、胸が大きく跳ねた。

大犬の姿も美しいが、人間の不知火丸も美形で、睦はこの顔に弱いのだ。

「少し考え事をしていただけです。さあ、食べましょう」

睦は誤魔化《ごまか》すように言い、手早く肉に塩を振って不知火丸に差し出した。相手は少し訝《いぶか》し気な顔をしていたが、まずは腹を満たすことにしたようだ。

「塩を振っただけなのに、美味《うま》いな。良い焼き加減だ。うん、冬のはじめのヤマドリは、脂が乗っている」

いつものように食事の感想が出てきたので、睦も笑顔になる。肉は不知火丸の言うとおり、脂が乗っていて、噛《か》めば噛むほど味が出た。淡白な野菜とよく合う。ただ焼いただけの料理だが、山歩きで疲れた身体《からだ》には、ご馳走《ちそう》に思えた。

日はすっかり暮れ、辺りは闇に包まれている。空には雲がかかり、今日は月が見えなかった。だが、月は確実に満ち始めている。あと三日もすれば、満月だった。

「狛妖《はくよう》里に行った後、不知火丸様はそこから、どう動かれるのですか」

睦は糒をぽりぽりと噛みながら、ずっと気になっていたことを尋ねた。

不知火丸も、手にした糒を口にしている。彼は人の姿になってから、小袖《こそで》に袴《はかま》姿と平地《へいち》の装いだった。羽織もなく寒そうで、睦は自分の半纏《はんてん》を差し出そうとしたが、受け取ってもらえなかった。食事が終われば犬の姿になるから、問題ないのだという。

妖力が戻った不知火丸は、人から犬へ、犬から人へと自在に変化する。人から犬に変わる際、身につけているものは、当人の意志で犬の身体の中にしまうことができるのだそうだ。

どういう理屈かわからないが、腰に差した刀も、懐《ふところ》に入れた財布も、犬のまま持ち歩ける。ただし、あまり重いものやかさばるものは、自分の身体が重くなって動きが不自由になるのだそうだ。

守りの組み紐《ひも》と、それに睦が渡した布の首輪は、これも妖力によってか、今は不知火丸の左の手首に、ちょうどいい長さになって結ばれている。

「里に着いたら、逃げ延びた家臣と共に、狛妖《はくよう》族の一軍を率いて布佐《ふさ》の城に向かうつもりだ」

このひと月の間に、母の黒曜《こくよう》が一族の長《おさ》を説き伏せ、援軍を約束させたのだという。

「大狒々《おおひひ》は我が一族にとっても仇敵《きゅうてき》だ。この世に奴らをのさばらせては、狛妖の一族も危うくなる」

比延《ひえん》が率いる大狒々たちを倒し、城主を救う。大狒々が死ねば、城を離れて療養している兄君の呪詛《じゅそ》も消え、きっと病も抜けるだろう。

「御前様は今も、城に一人残られ耐えておられる。あまり時間はない。すでに里では、戦《いくさ》の準備を進めている」

「戦……」

ただ城主を救うだけではない。不知火丸は戦の中に身を投じなければならないのか。

「安心しろ。睦をこれ以上危ない目にはあわせん。そなたは私の母と共に、狛妖の里で事が終わるまで待っていてくれ」

睦が青ざめるのを見て、不知火丸は優しく諭す。だが、睦が怯《おび》えているのはそんなことではなかった。

「不知火丸様は、ちゃんとご無事で帰ってきてくださいますか」

我知らず、縋《すが》るような口調になった。また、彼が大怪我《おおけが》をしたらどうしよう。怪我をしてでも、戻ってきてくれるならいい。もし命を落とすようなことがあったら。

「不知火丸様たちに、勝算はあるのでしょうか。無謀な作戦を立てたりしていませんか。口約束だけでなく、無事に戻ると約束してください。でなければ俺は怖くて。とても黙って見送れません」

必死に言い募る睦に、不知火丸はわずかに目を瞠《みは》った。やがてその顔が、くしゃりと泣き笑いのように歪《ゆが》む。

「睦……」

「すみません。わがままを言っていることはわかっているんです。国の一大事に、俺の気持ちなんて些末《さまつ》なことです。でも、不知火丸様のことが心配で……」

不意に、大きな手が睦の薄い肩を引き寄せた。驚いて息を呑《の》む間に、睦は不知火丸の広い胸の中にいた。

彼の腕に抱かれているのだと、一拍置いて気づく。

「不知火丸様……」

「口約束などではない。必ず生きて戻る。一筋の傷も受けないとは約束できないが、そなたを悲しませるようなことはすまい」

優しい声と温かな腕に、ほっと気が緩んで、ほろりと涙がこぼれた。一度涙がこぼれると、堰《せき》を切ったように感情もあふれ出た。

「本当に、本当ですよ」

口を開くと嗚咽《おえつ》が混じる。ぎゅっと不知火丸の着物の襟《えり》を摑《つか》み、鼻先を摺《す》り寄せた。

「本当に、本当だ」

耳元でささやいて、ぽんぽんとあやすように背中を撫《な》でられた。この人の腕の中は温かくて優しくて、なのに胸が切なくなる。

「大狒々は人に化けるのを得意とする、油断のならない相手ではある。だが妖《あやか》しとしての格は、狛妖のほうが数段上だ。単純に力だけなら我ら一族のほうが強い。相手に惑わされず戦えば、まず負けることはないのだ。狛妖だけではない、人間の家臣たちも味方にいる。決して無謀な策は立てない。だから大丈夫だ」

不知火丸は口約束だけではない理由を、一つ一つ丁寧に話してくれる。睦は彼の話を聞いて少し安心した。

そうだ、城主を救うためにも、不知火丸が無謀でごり押しな策を立てることはないだろう。

「無事に戻る。そうしたらまた、睦の飯を食わせてくれ」

「はい。必ず」

うなずくと、睦を抱く腕に力がこめられた。

無言のまま、しばらく抱擁が続く。不安が落ち着くと、衣《きぬ》越しに相手の逞《たくま》しい身体つきを感じ、今度は別の意味で落ち着かなくなった。心臓の鼓動が速くなる。

睦はいたたまれずに身じろぎし、ほうっとなまめいたため息をついた。すると、抱きしめる腕がさらに、きつくなる。

押し付けた耳に伝わる不知火丸の胸の鼓動も、心なしか速くなった気がした。

旅はその後も、順調に進んでいたかに見えた。山を一つ越えて布佐国の領内に入り、さらにもう一つ山を越えようと、二人は歩き続けた。

満月の日、山には朝から雪がちらついていた。本格的な冬の訪れだ。

二つ目の山は、先に越えた山よりさらに険しく、草木が鬱蒼《うっそう》としていて昼でも薄暗かった。

『土が湿って滑りやすい。ゆっくりでいい。気をつけて進め』

先を歩く不知火丸は、犬の姿で時おり、後ろの睦を振り返る。

睦はうなずいて、慎重に足を進めていたが、実を言えば身体の調子が思わしくなかった。

昨日の夜から頭がずきずきと痛み、朝起きると、意識がぼんやりしていて、身体が鉛を飲んだように重くだるかった。

夜は不知火丸の毛皮に包《くる》まって寝ていたが、やはり冬山で連日の野宿は人の身にこたえたらしい。

(でも里は、もうすぐそこだ)

二つ目のこの山を越えればすぐ、里の入り口があるという。里の住人以外が中に入れるのは、満月の日だけだそうで、今日を逃せばまたひと月近く待たねばならない。

今までと同じ速さで行けば、昼には山を越えられそうだった。

ここで睦が具合が悪いと言えば、不知火丸の足を止めることになる。足手まといになりたくなくて、朝から気を張って何でもないふりを決め込んでいた。

しかし、聡《さと》い不知火丸には、いつまでも隠し通せるものではなかったようだ。

『その先で、少し休もう』

小さな滝口に差し掛かった時、不意に不知火丸が言った。

「え？　でも」

朝に出立してから、まだそう時間は経《た》っていない。昨日まではもっと歩いてから休憩をしていた。

『無理をすることはない。休み休み進んでも、夕刻までには里に着けよう』

穏やかに、なだめる口調で言う。隠していたつもりだったのに、気づかれていた。

足手まといになってはならないというのに、不知火丸の優しさが嬉《うれ》しい。きゅうっと胸が切なくなった。

「……ありがとうございます」

『いや。そなたには、苦労をかける』

静かにかぶりを振った不知火丸の声には、沈痛の色があった。まだ、睦がここにいることを、自分のせいだと気にしているのだろうか。

『この先は道幅が細いな。ここは私が背負っていこう』

不知火丸が行く先へ首を伸ばして言う。道と言っても、睦の足幅ほどの岩肌が滝の脇に続いているだけだ。

足を滑らせれば、滝つぼに真っ逆さまである。下を覗《のぞ》いてひやりとした。不知火丸がいくら俊敏な獣の姿をしているとはいえ、人を背負って歩くのは困難だろう。

「いえ、大丈夫です。これくらい歩けますよ」

『しかし、本調子ではないだろう』

不知火丸がなおも気づかわしげにするのを、大丈夫ですよと押し切った。

実際、この細い岩場を背負われて進むより、歩いて行くほうが安全だと思ったのだ。

睦が先に立ち、不知火丸が後ろからついて歩く形になった。

『焦らずゆっくりとな。進めなくなったら、無理せず戻ってくるんだぞ』

不知火丸は心配なようで、口酸っぱく注意を繰り返す。睦は微笑《ほほえ》んでうなずきながらも、気を引き締めた。

一歩一歩、ゆっくりと岩場を歩く。途中、ひやりとする箇所もあったが、難なく滝の上までたどり着くことができた。

ホッとして、不知火丸を振り返る。それがいけなかった。

「ほら、不知火丸様——」

『睦っ』

それまでずっと慎重に歩いていたのに、気が抜けていた。前をよく見ずに、無意識に足を踏み出していたらしい。

ずるりと踏み出した足が滑り、ひやっと血の気《け》が引いた。だがその時にはもう、睦の身体は重心を失い、滝つぼへ投げ出されていた。

『睦――っ』

不知火丸の咆哮《ほうこう》が聞こえた。その後は意識もぐちゃぐちゃで、何が起こったのか自分でもよくわからない。

身体が叩きつけられるような衝撃の後、水の中に沈んでいった。苦しいのに身体が動かず、ただ心の中で、苦しい、苦しいと繰り返していた気がする。

「睦、睦！」

意識が朦朧《もうろう》とする中、聞こえたのはやはり、不知火丸の声だ。

「睦、目を開けろ。開けてくれ、頼む」

悲痛な声に、睦は必死に重いまぶたを開く。気を抜けば、泥のような眠気にすぐにでも囚われそうだったが、不知火丸の声を放っておけなかった。

「睦……！」

目の前に、人の姿をした不知火丸のホッとしたような顔があった。

「し……ぬい……さま」

どうしたのですか、と尋ねようとして、声にならない。ガチガチと歯の根が合わないほどに身体が震えている。

「すぐに温かくしてやる。もうすぐだ。だから頑張れ、睦」

不知火丸の身体はしとどに濡《ぬ》れていて、髪からも着物からも水が滴《したた》っている。はらはらと空から舞い落ちる雪は、不知火丸の頬に溶けずに張り付いた。彼の吐く息が白い。

自分は滝つぼに落ちたのだと、ようやく思い出した。不知火丸が助けてくれたのだ。

それからどこをどうしたのか。睦はいつの間にやら裸になって、不知火丸に抱かれていた。不知火丸も裸だった。髪はまだ濡れていて、顔に張り付いている。

滝の音が聞こえるから、それほど遠くには来ていないのだろう。不知火丸は大木を背に胡坐《あぐら》をかき、睦を自分の身体に抱えていた。その肌を懸命に擦《さす》ってくれている。

ぴたりと合わさった肌が温かい。そのぶん、肌が合わさっていない場所は寒くてたまらなかった。暖を求めて、睦も不知火丸の身体に身を摺り寄せる。

「睦、眠るな。意識を保ってくれ」

不知火丸が呼んでいる。目を開けなくては。けれど意識は、浮かんでは沈み、沈んでは浮かび、まるで睦の思う通りにならない。

辺りが暗いのは、目を開けているからなのか。今は何時だろう。

「不知火、丸様……」

じわりと焦りが湧き、意識が再び浮上した。強張《こわば》った口を懸命に動かす。

「……先に、行って」

「睦？」

今夜が満月なのに。早く行かなくては、間に合わなくなる。

「里に……不知火……様だけでも、早く」

「馬鹿を言うな」

こちらの言わんとしていることがわかったのだろう、怒ったような声がしたが、不知火丸の顔は見えなかった。

もう夜になっていたら、どうしよう。早く、不知火丸だけでも里に行かなければ。

「俺、このま、ま……へ……き。早く」

「そなたを置いてはゆかぬ。行けるはずがなかろう」

放っておけば、睦は死んでしまう。そんなこと、優しい不知火丸ができるはずがないのだ。どんなに睦が頼んでも、不知火丸は睦を置いていったりしない。

ああ、と悲しみが睦を満たした。

「足……まと、い。ごめ……なさ」

自分のせいだ。不知火丸が間に合わなかったら、ご城主を救えなくなるかもしれない。

「足手まといだと？　馬鹿なことを」

「ごめ……」

いっそ今、このまま死んでしまえば、不知火丸は先に進めるのではないか。……このまま、泥のような眠りに引きずられてしまえば。

そう考えると、悲しく苦しい心が軽くなった。意識を保とうともがいていたのをやめると、そのままずぶずぶと奥底に沈んでいく。

「睦、起きろ！」

しかし、愛しい人の叫びに、ふっと意識が一瞬、戻った。

まぶたが開いて、不知火丸の顔が見える。彼は泣いていた。涙を流してはいなかったが、顔を歪めて泣き顔をしていた。

「足手まといなどではない。そうではないのだ、睦。私はそなたに死んでほしくない。何があっても生きていてほしい。私はそなたを愛しているのだ……」

咽《むせ》ぶような声でかき口説《くど》かれ、睦は驚いた。

（不知火丸様が、本当に？）

今の言葉をもう一度、聞きたい。本当ですかと問いただしたい。

睦は沈みかけていた泥の中から、必死にもがいて浮かび上がろうとした。まぶたがぴくりと動き、意識を取り戻しかけた。

しかし、もう少しでまぶたが開くというその時、下から這《は》い上ってきた混濁が、睦に絡《から》まり再び底へと引きずり込んだ。

「……私は、睦が愛おしい」

最後に残った聴覚に、不知火丸の声が響いた。

そこは温かい場所だった。

身体はさらりと乾いていて、ふかふかと心地いい。あたりには香を焚《た》きしめたような、良い香りさえただよっていて、睦をうっとりさせた。

常世《とこよ》の国とは、高貴な香りのする場所らしい。

ああ、そうだった。自分は滝つぼに落ちて死んだのだ。

――私は、睦が愛おしい。

不知火丸の声を思い出す。あれは、忌《いまわ》の際《きわ》の幻聴だろうか。

そして不知火丸は、無事に里へ辿《たど》りつけたのか。

(俺のこと、気に病んでないといいんだけど)

そんなことを思いつつ、ごろりと寝返りを打って向きを変えた。この布団、軽くて暖かく気持ちがいい。

(ん？　布団？)

違和感に、ぱちりと目があいた。途端、目の前に美しい男の顔が飛び込んできて、あわや叫び出しそうになった。

「…………っ！」

叫びを飲み込んだのは、美貌《びぼう》の男が目をつぶり、穏やかな寝息を立てていたからだ。

(えっ、不知火丸様？)

一緒にいるということは、不知火丸も死んだのだろうか。

(いやいや、ちょっと落ち着こう)

慌てる自分をなだめ、ソロソロと起き上がる。不知火丸は目を覚まさなかった。

ぐるりと周りを見回す。今は何刻なのかわからないが、障子の外は明るい。睦と不知火丸は、畳敷きの立派な部屋に寝かされていた。

天井は高く、部屋を仕切る建具も上等なものだ。どこかのお屋敷の一室らしいが、誰の屋敷なのか見当もつかなかった。

（着物も……）

いつの間にか、見たこともない襦袢《じゅばん》を着せられていた。肌ざわりがよく、さらさらしている。髪も乾いていて、高いところから滝に落ちたのに、あちこち擦り傷がある程度で、ひどい怪我はない。

不知火丸も、睦と同じ襦袢姿だった。無防備にすうすうと眠っていて、こうして見る限りは無事のようだ。

（よく寝てる）

いったい、何がどうなったのか気になるところではあるけれど、不知火丸の安らかな眠りを妨げるのはしのびない。

しかし、その不知火丸は、布団からやや外れる形で横たわっていた。

布団は睦と不知火丸の二人分、わずかに隙間を開けて敷かれていたが、不知火丸は自分の布団からはみ出し、睦が寝ていた隣に寄り添うように横臥《おうが》している。

ずっと間近で眠っていたのだ。気づいて、睦は一人で赤くなった。

次いで、滝つぼに落ちた時のことを思い出す。裸の不知火丸に抱きしめられていた。

睦を助けるために、滝に飛び込んだのだろう。雪が張り付いても溶けないほど肌が冷え切って、それでも睦を温めようと、必死で肌を擦ってくれていた。

（不知火丸様。ありがとうございます）

悲痛な声を思い出し、羞恥《しゅうち》は霧散した。じわりと涙が込み上げる。

「気がつきましたか」

不意に、音もなく襖《ふすま》が開いたので、睦は驚いて肩を震わせた。

現れたのは、美しい女性だった。細かく鮮やかな刺繍《ししゅう》や摺箔《すりはく》を施した、黒地の打ち掛けを身に纏《まと》っている。艶《つや》やかな黒髪を束髪に結い、白い肌は滑らかでこの世のものとは思えない美しさだった。

「あ……」

と、声を上げたのは、女性のその顔立ちが不知火丸によく似ていたからだ。母親かと思ったがしかし、女性の外見はせいぜい、三十前といったところ。不知火丸の母にしては若すぎる。

「あ、あの」

こちらが戸惑っているのがわかったのだろう、女性はにっこりと微笑み、「動けますか」と睦の体調を伺った。

「隣の部屋に行きましょう。この子はまだまだ目を覚まさないようだから」

この子、というのは不知火丸のことだ。それではやはり、この女性が不知火丸の母、黒曜なのだろうか。

睦は女性に案内されて、襖を隔てた隣の部屋へ移った。

女性が部屋の外へ行って誰ぞやに話をすると、間もなく膳《ぜん》が運ばれてきた。載っているのは、重湯に近い白粥《しらかゆ》だ。

「お腹《なか》が空《す》いているでしょう。三日も寝たきりでしたから」

「三日？」

そんなに眠っていたのか。まずはお食べなさい、と促され、睦は粥を口にする。三日寝ていたというのは本当らしく、お粥だけで胃がずしりと重くなった。

「あの、俺たちはどうなったのでしょうか。ここはどこですか」

ずっと気になっていたことを問うと、女性はにっこりと優しく微笑んだ。

「そういえば、名乗っておりませんでしたね。私は戌之丞《もりのじょう》の母、黒曜と申します」

戌之丞とは誰ぞや……と考え、不知火丸のことだと思い出した。

やはりこの若く美しい人が、不知火丸の母君なのだ。驚いてぼうっとしていると、黒曜は気づかわしげに柳眉を下げた。

「怯えさせてしまいましたか。妖しの身で人の姿を取る者などと」

「ええっ？　いいえ、怯えるだなんて」

ただ呆《ほう》けていたのだが、誤解をさせてしまったらしい。睦は慌てた。

「その、母君様があまりにお若くお美しいので、驚いていたんです。てっきり、姉君様かと
……」

「まあ、ほほ。姉とは」

黒曜は途端に愁眉《しゅうび》を解いて笑った。若いと言われたのが嬉しかったらしい。

ひとしきり喜んだ後、黒曜は「そなた、睦」と改まった声をかけた。睦も居住まいを正す。

「は、はい」

「このひと月の間のこと、戊之丞から聞きました。息子の命を助けてくれて、礼を言います。ありがとう」

言って、高貴な女性が深々と頭を下げたので、睦は身の置き所がなく、オロオロしてしまった。

「俺ごときにそんな、頭をお上げください。それに、俺が迂闊《うかつ》に滝に落ちたせいで、不知火……いえ、戊之丞様のお身を危険に晒《さら》してしまいました」

眠りっぱなしだったけれど、不知火丸は大丈夫なのだろうか。

不知火丸の寝ている隣の部屋を気にしていると、黒曜は「大丈夫ですよ」と、にっこり微笑んだ。

「命が危ぶまれたのは、そなたのほうです。あの子は睦の容態が落ち着くまで、眠らずに付き添っていただけですよ」

滝つぼに落ちた睦を助けた後、不知火丸は大犬の姿になり、睦を咥《くわ》えて里まで疾走したそうだ。雪のちらつく中で水に浸かり、不知火丸が懸命に温めようとしても、睦の身体は死人のように冷えきったままだった。

不知火丸が裸で必死に身体を温めようとしてくれていたのを、睦もうっすら覚えている。

一刻の猶予もならないと判断した不知火丸は、周囲もはばからず、全速力で狛妖の里まで睦を連れてきたのだった。そうして里の人々に手厚く介抱され、睦は一命を取り留めたのである。

身体に温もりが戻った後も、疲れがたたったのか、睦は熱に浮かされ、三日目にようやく落ち着いた。

その間、不知火丸はほとんど眠らずに、睦に付き添い看病していた。もう心配ないとわかって安心したのか、今朝になって不知火丸は、ぷつりと糸が切れたように眠りに落ちた。

話を聞いて、睦はじわりと涙ぐんだ。

（不知火丸様……）

どうりで起きないはずだ。睦を介抱していただけではない。『めし屋』を出てから山を行く間もずっと、睦を守ってほとんど眠っていなかった。

睦が旅に疲れてつい、眠りに落ちてしまった時も、夜通し焚火の火は消えることがなかった。不知火丸が起きていてくれたからだ。

「それではここは、狛妖一族の里なのですね」

満月に間に合ったのだ。そのことに気づき、心から安堵《あんど》した。睦は姿勢を正し、黒曜の前に手をついた。

「親切に介抱してくださり、ありがとうございました。俺のほうこそ、おかげさまで一命を取り留めました」

狛妖の一族とはどんな人たちなのかわからないが、ただの町人である睦を、ここまで親身に看病してくれた。やはり不知火丸の同胞、親切な人たちなのだ。

深く頭を下げると、黒曜は「まあ」と声を上げた。

「戌之丞の申していたとおり、きちんとした子だこと。さあさあ、顔を上げて。ともかくここまでの旅路、ご苦労様でした。そう、ここが狛妖の里です。この家は里の長の屋敷で、私の実家なのです」

睦の手を取り、柔らかく微笑む。彼女からは花のようないい香りがした。不知火丸に似た美貌で優しくされると、どぎまぎしてしまう。

「自分の家だと思って、ゆるりとしてくださいませな」

「は、はいっ。あ、ありがとうございます」

こんな立派な屋敷を自分の家だとはとても思えないが、黒曜の心遣いは嬉しかった。

それにしても、ここが狛妖の里とは驚いた。妖しの里だというから、実はもっと簡素な村を想像していたのだ。

この屋敷は里の長のもので、さらに黒曜の実家なのだという。黒曜は一族の姫だと不知火丸が言っていた。なるほど、長の血縁だったのだ。

黒曜はまさに姫君、長というのも、お殿様と言って差し支えがない身分なのではないか。

さらに不知火丸の言葉によれば、これから睦はしばらく、ここで厄介になるのだという。

「不束者《ふつつかもの》ですが、よ、よろしくお願い致します」

気後れてつっかえ気味に言うと、黒曜はまた「まあ」と楽し気な声を上げた。

「可愛らしいこと。戌之丞が執心するのもわかりますなあ」

うふふ、といたずらっぽく笑う。

「しゅ、執心？」

どういうことかと尋ねようとした時、襖の向こうで「睦？」と、不知火丸の声がした。

「睦。睦はどこだ？」

焦りと戸惑いの混じった声だった。目を覚ましたら睦の姿が見えないので、心配しているのだろう。

「そう騒がずとも、そなたの睦はここにおりますよ」

黒曜は呆《あき》れた声で言い、隣の間とを仕切る襖をすらりと開けた。布団から上体を起こした不知火丸が、ぽかんとした顔で目を見開いている。襟を大きくはだけた姿が、艶《なま》めかしかった。

「まったくもう、この子は。いくつになっても落ち着きがないですね」

そんなしどけない姿の美男子に、黒曜は小さな子供に向けるように言うのだった。

寝巻きでは落ち着かないだろうと、睦は着替えをもらい、身につけた。睦の身の丈にぴったりで、不知火丸と揃《そろ》いになっている。

これを用意してくれたのは、黒曜だ。二人お揃いの着物を差し出され、不知火丸は何やらもの言いたげに母親を見ていた。睦は慄《おのの》いたが、それは着物があまりに上等だったからだ。真っ白な足袋《たび》と絹の小袖に、羽織は羽二重《はぶたえ》の裏が付いた高級なもので、自分などが身につけてよいのかと怖気《おじけ》づいてしまう。万が一、破れたり汚したりしても、同じものは絶対に返せない。

「返すだなんて。これはもうそなたの物なのだから、気にすることはありませんよ。破れたり汚れたりしたら、着替えれば良いだけのことです」

黒曜がしれっと高貴な奥方らしい物言いをして、不知火丸からも気にせず着替えなさいと言われた。

睦が身につけていた衣服は、滝つぼに落ちた時に不知火丸が脱がせ、そのまま置いてきてしまったらしい。ずぶ濡れで重くなった衣服は、邪魔にしかならないから仕方がない。

もっとも、たとえ無事だったとしても、粗末ななりでこのお屋敷をうろつくのも気が咎《とが》めただろう。それで、びくびくしながらも上等な着物に袖を通した。

「まだ床に入っていたほうがよいのではないか？　熱が下がったばかりだというのに。どこか痛むところはないか」

目を覚ました不知火丸は、起きてからずっと、睦の身体を気にしていた。あまりに気にしすぎて、黒曜からたしなめられたくらいだ。

「いい加減になさい、鬱陶《うっとう》しい」

鬱陶しい、と言われて不知火丸はちょっとしゅんとしていた。人の姿なので、犬の耳も尻尾《しっぽ》も見えないが、睦の目には見える気がする。

もう大丈夫です、と睦も笑って請け合った。

「介抱していただいたおかげで、もうどこもなんともありません。助けていただいてありがとうございます。いろいろとご迷惑をおかけしました」

「何を水臭い。それもこれも、私の招いたことだ。何か身体に不調があれば、遠慮せず言うのだぞ」

着替えをして身支度を整えた頃、見計らったように廊下から声がかかった。睦のいる場所から姿は見えなかったが、侍女らしき女のようで、黒曜が取り次ぎ何やら話し込んでいた。

「里の長が、睦の顔を見たいと申されているそうな」

「え、長が？」

驚いたが、考えてみればよそ者の自分がここまで世話になったのだ。気遅れはするが、挨拶をしておくのが礼儀というものだろう。

「睦はまだ、目が覚めたばかりですよ。三日も寝込んでいたのに」

「それもそうですね。では、後日にいたしましょうか」

不知火丸が咎める口調で言い、黒曜もうなずくので、睦は急いで「俺は大丈夫です」と主張した。

本当にもう、すっかり元気だった。滝つぼに落ちる前、熱があったのはやはり、旅の疲れのせいだろう。三日寝続けたおかげで、頭も身体もすっきりと軽くなっている。

「会っていただけるのでしたらぜひ、一言挨拶をさせてください」

不知火丸はなおも心配そうだったが、黒曜はそれを聞いて取り次いでくれた。

侍女らしき女が一度、奥へ行っては戻り、睦は長のもとに案内されることになった。

不知火丸と黒曜もついてきてくれると言う。一人では不安だったので、大いに心強かった。

それで、長がいるという屋敷の奥へと向かったのだが、屋敷の中は睦が想像していた以上に広かった。

廊下を歩きながら、ここは屋敷というより御殿だなどと思う。

最初はただ感心して、キョロキョロあたりを見回していたのだが、どこまでも続く廊下にだんだんと不安が頭をもたげてくる。

目的の間へ辿り着いた時には、すっかり怖気づいていた。

「あの、そういえば俺、高貴な方々の礼儀作法を知らなくて……」

長に失礼なことをしたらどうしよう。及び腰になる睦に、不知火丸と黒曜は微笑ましそうに表情を崩した。

「別に高貴でもなんでもない。気にせず、いつものとおりにしていればいい」

そうは言っても、固くなってしまう。ぎくしゃくしながら、座敷へ上がった。

中は何十畳という畳敷きの大広間だった。その奥に横臥する者の姿に、はっと息を呑む。

そこにいたのは、不知火丸によく似た大犬だった。伏した姿でなお、見上げるような巨体である。

艶やかで神々しい白い被毛も、顔立ちも不知火丸に瓜《うり》二つだった。本人は今、人の姿で睦の隣にいるから、別の狛妖だとわかるが、そうでなければ見間違えていたかもしれない。

不知火丸によく似た彼が、里の長なのだ。

長と聞いて、気難しい老人が鎮座していると思っていたから、見慣れた姿を見ていささかホッとした。

しかし、黒曜と不知火丸はなぜか、呆れた顔をしている。

「まあ父上、そのような格好で」

「お祖父《じい》様。少々お戯《たわむ》れが過ぎるのではありませんか」

口々に非難する。里の長は黒曜の父、不知火丸の祖父だった。なるほど、不知火丸によく似ているはずだ。

しかし長は、娘と孫の声など聞こえていない素振《そぶ》りだった。じろりと睦を睨《にら》みつける。

『ぬしが睦と申す人間か』

グルル……と威嚇《いかく》に似た唸《うな》り声を続けながら、長は言う。いきなりの唸り声に面食らったが、慌ててその場に手をついた。

「は、はい。上尾国《かみのおのくに》で飯屋を営んでおります、睦と申します。このたびは危ういところを介抱をしていただき、御厄介をおかけしました」

不作法を咎められたらどうしよう、と内心でひやひやしていたのだが、長はなぜか『ほう』と感心したように目を細めた。

かと思うと、またグルル……と唸りながら鼻に皺《しわ》を寄せ、牙をむく。

「父上！」

黒曜がたまりかねたように言った。しかし睦には、長の唸り声の意味も、黒曜の叱責も意図が読めない。

もしかして威嚇されているのだろうか、と思うが、先ほどの人の声は冷静そのものだった。

はて、と首を傾《かし》げていると、大犬はピタリと唸るのをやめる。

『童《わらべ》のような顔をして、なかなか肝の据わった男ではないか』

愉快そうな笑い声を立てながら、大犬はあっという間に壮年の男の姿になった。白髪交じりの美丈夫《びじょうふ》で、不知火丸の面影《おもかげ》がある。

「この狛妖の姿を見て動じなかったのは、布佐の城主以来だ。先日、黒曜が連れてきたもののふたちなど、わしが唸り声を上げげたら皆、腰を抜かしおったぞ」

どうやら長は、わざと大犬の姿で威嚇をして、人間を試していたらしい。

上機嫌な様子で睦たちに席を勧めた。睦は不知火丸と黒曜に促され、二人の間に挟まれるように座る。

「睦とやら、よう来てくれた。わしは狛妖の一族の長、白焔《はくえん》と申す。こたびは孫が世話になった。礼を言う」

「は……、あの、いえっ」

堂々とした白焔の態度に、睦は畏《かしこ》まるばかりだ。茶を勧められたが、カチコチになってうまく飲めなかった。

「なんだ。人の姿になったほうが怯えているではないか」

黒曜は、「父上の声が大きいからでござりましょう」と言ったが、そうではない。

「不調法で申し訳ありません。俺、私は、しがない町の飯屋でして。礼儀作法を知らないのです」

「睦は先ほどから、お祖父様に失礼があったらと心配しているのですよ」

睦が言うと、不知火丸が脇から言葉を添えてくれた。睦はそれに、コクコクとうなずく。

「なに、礼儀作法とな」

白焔は軽く目を瞠り、すぐ愉快そうに笑い出した。

「我ら妖しの陣に来て、礼儀作法を気にした人間は初めてだ。ぬしは変わった男だのう」

変わっていると言いながら、白焔は楽しそうだ。

「話は不知火丸からすべて聞いておる。ぬしは孫の恩人、となれば、我ら狛妖一族の恩人だ。不知火丸ら布佐のもののふたちが事を治めるまで、この屋敷でゆるりと過ごすがいい。孫が不在の間は、わしの娘がぬしの面倒を見よう」

里の長から滞在の許しをもらい、安堵した。

不知火丸は里で匿うと言ってくれたが、睦は余所者《よそもの》だ。里に入り込んだりしたら、追い返されるのではないかと、少し心配していたのだ。

「ありがとうございます。御厄介になります」

一通りの挨拶を終えると、不知火丸は睦がまだ目を覚ましたばかりで本調子ではないと言い、すぐにその場を下がった。

睦が最初に目覚めた部屋に戻り、足りないものがあれば侍女に申し付けるように、と言いおいて黒曜は去って行った。

布団を敷いた部屋とその隣の部屋が、睦と不知火丸に割り当てられた客間なのだそうだ。

「目が覚めて早々に、気を遣わせてすまなかったな。少し横になっているといい。いずれ、里の者や私の家臣らにも引き合わせようと思うが、また別の日にしよう」

二人きりになると、不知火丸は睦の体調を心配して、半ば強引に布団に押し込めた。さらに、額に手を当てて熱を計ったり、顔色をのぞき込んだりする。

きっと睦が意識を失っている間も、こうして甲斐甲斐《かいがい》しく世話をしてくれていたのだろう。そう考えて睦の胸には、覚えのある切ない疼《うず》きが戻ってきた。

「だいぶ顔色がいいな」

不知火丸は独り言のようにつぶやきながら、つと手を伸ばして睦の頭を撫でる。触れられた時はどきりとしたが、優しい手が心地よく、うっとりした。

「そういえば白焔様は、不知火丸様によく似ていらっしゃいますね」

このまま撫でられていると眠ってしまいそうで、睦はとりとめもなく口にする。もう少し、不知火丸と話をしていたかった。

「ああ。私は父より、母の血筋によく似ているのだ」

「長のお部屋に上がるまでは慄いていたのですが、不知火丸様そっくりなお姿を見て、少し緊張がほぐれました」

不知火丸はそれを聞いて、ひっそり笑った。

「そなた、お祖父様にだいぶ気に入られたようだ」

「そうなんでしょうか」

「ああ。狛妖の姿を見ても、そなたが少しも動じなかったからな。お祖父様は妖しにしては話のわかるお方だが、あのようにわざわざ恐ろしげな姿を見せて人を試したりする」

「なら、私は不知火丸様のお姿を最初に見ていて得をしましたね」

「得か」

言いようがおかしかったのか、不知火丸はクスッと笑いを漏らす。

「家臣らにも、私の姿は見せていたのだがな。彼らは睦ほど肝が据わってはおらなんだらしい」

先ほど白焔が言っていた、腰を抜かしたという武士たちのことだ。ここに逃げる前、比延と一戦を交えた際に不知火丸は、本性を人目に晒して戦った。母と家臣たちを助けるためだったが、不知火丸のそうした姿を目にしていても、白焔との対峙《たいじ》には耐えられなかったらしい。

「その方たちも、大狒々たちと戦うのですよね。大丈夫なのでしょうか」

睦はにわかに不安になった。妖しと戦わなければならないのに、姿を見ただけで驚いていて、戦えるのだろうか。

「この里にしばらく暮らして、今はだいぶ馴染《なじ》んだようだぞ。もう今さら、怯えることもあるまい」

家臣たちはこのお屋敷ではなく、別の家に宿借りしているのだそうだ。宿借りだけでなく、狛妖の者たちに戦の指南を受けているらしい。

狛妖一族にも、武士とも言える戦に長《た》けた者たちで構成された一軍があり、彼らは武術や兵法にも通じているという。

里の男子たちは皆、成人すると一度は彼らに兵士としての心得や戦い方を学ぶ。

要するに、一国に匹敵する軍備が狛妖の里にはあるのだ。この立派な屋敷を見た後では、睦も大いに納得した。

「狛妖の一軍とは、強そうですね」

「ああ、強い。大狒々ごときには決して負けぬ。だからそなたは、何も心配せずここで待っていてくれ」

不知火丸がまた、さらりと睦の髪を撫でた。不知火丸はもうすぐ戦に出るのだ。その間、睦はここで待つしかない。

「俺も、戦えたらいいのに」

「それは無理だ」

きっぱりと、不知火丸が言う。それは睦にもわかっていた。

睦はただの料理人で、戦の心得などない。足手まといにしかならないとわかっていて、ついていけるはずがなかった。

「……そなたが生きていて良かった」

また髪を撫で、不知火丸がつぶやく。

「そなたが滝に落ちた時、生きた心地がしなかった。どんなに温めても冷たいままで……睦が死んでしまったらどうしようと、そのことばかり考えていた。御前様をお救いする大義など、どこかに飛んでいた」

声音は静かだった。睦はつと、伏せていた視線を上げる。思いがけず熱いまなざしが、じっとこちらを見つめていた。

――私はそなたを愛しているのだ。……私は、睦が愛おしい。

意識が朦朧としていた時の、不知火丸の切なげな声を思い出す。あれはたぶん、夢ではなかった気がする。

「不知火丸様が俺を滝つぼから引き上げてくださって、ずっと身体を擦って温めてくれたのを、覚えています」

言うと、不知火丸は泣き笑いのような顔になった。

「そなたの半纏と着物を、あの場で脱がせたまま置いてきてしまった。小刀だけは拾えたが」

言って、懐から小刀を取り出すと、睦の枕元に置いてくれた。

「ありがとうございます。養父の形見なのです」

滝つぼに落ちた時、小刀は失ったと思っていた。

「これだけは、そなたの懐にしっかりと入っていた。滝に落ちて、私が引き上げる前に死んでいてもおかしくなかった。養父殿が守ってくれたのかもな」

「そうかもしれません。でも、こうして無事に里に来られたのも、すぐに元気になれたのも不知火丸様のおかげです」

睦は言って、自分の髪を撫でる不知火丸の手を取った。大きなその手に頬を摺り寄せる。

なぜだろう。子犬の姿の彼と二人、『めし屋』で暮らしていた時よりも、敵から逃げて山を歩いていた時よりも、今この時のほうが、不知火丸を近くに感じる。

相手も、自分と同じ思いを抱いていると気づいたからだろうか。

目を細めてこちらを見つめていた不知火丸が、ふと身を屈《かが》めて顔を近づけた。

鼻先が擦れたかと思うと、柔らかな唇が睦の唇に触れる。生まれて初めての感触に、睦は驚いたが、すぐに離れたので残念に思った。

「睦」

低い、感情を抑えたような声が睦を呼び、再び唇が合わさった。睦は応えるように、薄く口を開く。

そこから不知火丸の舌先が滑り込んできて、睦の口腔《こうこう》を愛撫《あいぶ》した。

「ん……んっ」

口の中を嬲《なぶ》りながら、分厚く大きな手のひらが、睦の頬や首筋をまさぐる。髪を撫でていた時のような優しい手つきではなく、どこか荒々しい仕草だった。

二人の呼吸も、口が合わさるごとに荒くなっていく。

「私が山で言ったことが、聞こえていたか？」

荒い息の合間に、不知火丸が囁《ささや》いた。

「そなたを愛していると、そう言ったのだ」

やはり、あれは夢ではなかった。睦は胸に広がる喜びに、我知らず微笑んでいた。

「はい。眠りに落ちる前だったから、夢ではないかと思いましたが」

「夢ではない。確かに言った。私は睦が愛おしいのだと」

「嬉しいです。すごく、夢みたいに嬉しい。俺も……俺も不知火丸様をお慕いしています」

睦は自分から顔を寄せ、不知火丸の唇を吸った。

「私は妖しなのに？」

「半妖なのですよね。でもそれを言うなら、俺だって狛妖ではありません。人間で、ただの料理人です」

身分も種族も違うとわかっている。それでもこの気持ちは変えられない。

「可愛い子犬でも、雄々しい狛妖でも、美しい人間でも、どんな姿でも不知火丸様が愛おしいです」

不知火丸の顔がくしゃりと歪む。

「そういうそなたが、私も愛おしいのだ」

感情の昂《たかぶ》りでわずかに震える唇が、睦の唇を愛撫した。

「不知火、丸……様」

繰り返し口づけられ、肌をまさぐられていくうちに、心ばかりか身体も昂ってくる。

じん、と下腹部に覚えのある熱が灯《とも》った。先ほどから、睦を見つめる不知火丸の双眸《そうぼう》には、常にはない情欲の光が宿っている。

「睦……」

掠《かす》れた声が呼び、不知火丸の唇が睦の首筋に降りた。

「んっ」

甘い刺激に、睦が思わず身を竦《すく》めると、不知火丸はハッと何かに気づいたようだった。

「これ以上はまずい。そなたは病み上がりなのだった」

まだ情欲の色が混じった目を瞬《しばた》き、自分に言い聞かせるように言った。口づけ以上のことをしてくれるつもりだったのだ。

「俺はもう、何ともないのですが」

ちらりと上目遣いに窺ってみたが、不知火丸は首を横に振った。

「先ほど目を覚ましたばかりではないか。そなたに、無体を働きたくない」

言って、さらりと優しく髪を撫でる。睦などは情動のままねだってしまったが、不知火丸は理性によってそれを抑えたらしい。

「少し、外で熱を冷ましてくる。このままそなたのそばにいると、我慢しきれず襲ってしまいそうだからな」

それでも身体の熱はすぐに抑えきれなかったのか、睦に口づけると、すぐさま立ち上がって部屋を出て行った。

廊下を歩く足音が遠ざかって行き、やがて聞こえなくなる。

お互い、あれほど身も心も昂っていたのに、いささか拍子抜けした感がなくもなかった。

しかしそれも、睦の身体を思ってのことなのだと思うと、また喜びがこみあげてくる。

目をつぶり、先ほど唇を合わせた感覚を思い出す。睦を愛おしいと言った声、肌をまさぐる手の熱さが蘇《よみがえ》り、身体が疼きそうになる。

「不知火丸様……」

たまらず、睦はごろりと寝返りを打つと、愛しい人の名を口の中でつぶやいて、ほっと熱い息を吐いた。

不知火丸の家臣たちは、年若い者が多かった。

恰幅のいい中年や、白髪交じりの初老の家臣もいたが、ほとんどは不知火丸と同じくらいか、それより若い武士たちばかりだ。

睦が里で目を覚ましてから、三日が経った。つい数日前に生死の境をさまよっていたとは思えないほど、すっかり元気を取り戻していた。

ゆっくりしていいと言われたが、子供の頃から働いていた睦は、ゆっくりの仕方がわからない。一日目は大人《おとな》しく床に入っていたものの、二日目には何か自分にもできる仕事はないかと侍女に聞いて回り、不知火丸を呆れさせた。

自分が動くと、かえって周りを困らせてしまう。睦もすぐそのことに気づいて部屋でじっとしていたが、上げ膳据え膳でどうにも落ち着かなかった。

そんな睦の様子を見かねたのか、不知火丸は三日目にして、自分の家臣たちに睦を引き合わせてくれた。

狛妖の里に辿り着いた家臣らの数は、二十余名。

大狒々との修羅場をくぐり、狛妖たちと寝食を共にしてきたせいだろうか。主人の不知火丸が親しげなようすで睦を引き合わせた時も、一介の町人に胡乱《うろん》な態度を取るでもなく、一様に丁寧に接してくれた。

「いずれ劣らぬ忠義者ばかりだ。腕のほうはまだ、ちっと心もとないが。それでもこのひと月、我らが揉《も》んでやったので、だいぶ使えるようになったのではないかな」

不知火丸の家臣たちを前にして、そんなふうに彼らを評したのは、斑尾《まだらお》という妖しだった。

狛妖の軍団を率いる大将である。里の長、白焔の長男の息子で、不知火丸とは従兄弟《いとこ》同士ということになる。

この斑尾、睦が初めて不知火丸に引き合わされた時は、完全な人の姿をしていたが、大犬の姿だったり、身体は人形《ひとがた》で頭は犬だったりと、変化が著しい。

今も頭だけ犬の姿で、身体は人間、着流しの裾からはその名の通り斑の尻尾が覗いている。

「兄上がそう仰《おっしゃ》るのなら、誠に腕が上がったのでしょう」

不知火丸は従兄《いとこ》の斑尾を兄と呼んで親しげにしている。聞けば不知火丸は、幼少の頃、彼から武術全般の指南を受けたのだそうだ。

斑尾が人間のふりをして城に上がり、不知火丸に稽古をつけていたのだという。

斑尾だけではない。長である白焔も折に触れて里を出、娘や孫と会っていたようだ。

そもそも黒曜というのが、上の兄弟とは年がだいぶ離れて生まれた末姫で、親兄弟は皆、彼女に甘い。その一人息子、不知火丸を可愛がるのは自然なことだろう。

不知火丸も父や兄より、母方の身内のほうが気心が知れているようだった。

「大狒々どもは古《いにしえ》より、たびたび狛妖に牙をむいてきた。人を使って我らをせん滅しようとしたこともある。今回は、布佐国から助けを求められての出陣ではあるが、ことは人間と大狒々だけの問題ではない。このまま小賢《こざか》しい猿どもをのさばらせては、いずれまた我ら狛妖にも累《るい》が及ぶであろう。よって今、布佐国の人間たちと力を合わせ大狒々を退けるのは、我ら狛妖一族のためなのだ」

不知火丸が、睦を家臣らに引き合わせてくれた後、斑尾は同じ場に狛妖軍の兵を集め、そのように弁舌を振るった。

軍の総勢はざっと百名ほど。ただし、すべてを大狒々との戦いに出しては里を守る者がいなくなってしまう。実際に布佐国に向かうのは、斑尾を含む二十名ほどだった。

不知火丸の家臣たちと合わせても、五十名に満たない。あと数名、間諜《かんちょう》と連絡役として里の外にいるというが、いずれにせよ五十前後の軍勢で城に乗り込み、城主を救って大狒々たちを退けるのだ。

大狒々がどれほどの力を持つのか、睦にはわからない。

この軍勢で大狒々に勝てるのか。辛うじてなのか、楽勝なのか。もしも苦戦を強《し》いられるなら、この戦の要となる不知火丸は無傷ではいられないだろう。睦が心配しているのは、そのことだった。

「狛妖のもののふ一人で、人間百人にもゆうに立ち向かえよう。大狒々ならば五匹といったところかな。しかもこれは個の力だ。我らが力を合わせればもっと強い。大狒々は狡猾《こうかつ》だが、知恵ならば我らとて負けてはおらん。剛柔合わせた策で、誰一人欠けることなく戻ってこようぞ」

睦の不安を感じ取ったのか、斑尾は睦に向かってそんなふうに言ってくれた。

不知火丸が隣国に潜伏していたこのひと月、家臣と斑尾たちはこの里で策を練り、鍛錬を続けて布佐国へ入る準備をしていた。まだ不知火丸の安否がわからず、もしもの場合は自分たちだけで城へ向かおうと考えていたのだ。

しかし、旗印となる不知火丸が無事とわかった。実際に里にたどり着いたことで、彼らの士気も高まっていた。

何も心配はないと、不知火丸も言う。だからと言って、すっかり安心はできなかった。

「出立は今から二日後。狛妖も人の姿で里を出るが、五十名もがゾロゾロと動いては目立つからな。布佐国へは数名ごとに分かれて入る」

斑尾の説明によれば、里を出た一軍はまず、人と狛妖の混じった数名の組を作り、組ごとに分かれて布佐国に入るという。布佐の町や農家には不知火丸たちに協力する者がいて、一旦《いったん》はそれぞれの家に落ち着く。

その後は組長らが互いに連絡を取り合い、あらかじめ決めておいた段取りにしたがって城へ入る。

二日後には不知火丸は行ってしまうのだと知り、睦は気が気ではなかった。この何不自由なく平和な狛妖の里で、一人安穏と待つだけなのが歯がゆい。

「不知火丸様、お願いがあります」

だからその夜、部屋で二人きりになったのを見計らい、睦は不知火丸に直談《じか》判した。

「改まってどうした」

寝間の隣の座敷で、何やら書き物をしていた不知火丸は、風呂から上がったばかりの睦を振り返り、わずかに目を細めた。

目覚めて三日、不知火丸と想いを通じ合わせてからも、同じだけ経っている。

口を合わせ抱き合ったが、それ以上のことはしていなかった。夜も、布団を並べて眠っている。

それでも二人きりになれば、不知火丸は以前とは違った、艶めいた目で睦を見つめるようになった。睦も同じような目をしているのだろう。

昨日など、湯冷めをしてはいけないからと、睦が床に入るまで不知火丸の膝の上に抱かれていた。ぽつぽつと話をしながら手を握ったり、たまに唇を合わせたりしているうちに、どちらも身体に熱を帯びてきて、慌てて布団に入ったのである。

睦はもう、そのまま抱いてほしいと思うのだが、不知火丸は慎重だった。病み上がりの睦に無理をさせたくないというのと、初夜は憂いを排してからゆっくりと、心置きなく味わいたいというのが理由らしい。

それは、この戦が終わって戻ってきたら抱く、という宣言にも聞こえて、睦をいっそう落ち着かない気持ちにさせた。

「温かくしないと、湯冷めをするぞ」

睦が湯上りの薄物一枚なのを見て、不知火丸は急いで半纏を羽織らせる。滝で落としたものではなく、黒曜が用意したものだ。他にもあれこれ身につけるものをあつらえてもらったが、すべて不知火丸と揃いだった。

「それで、願いとは何だ」

思い詰めた表情を浮かべる睦に、不知火丸は静かに問いかける。睦はその場に正座すると、手をついた。

「俺も、不知火丸様と一緒に、布佐国へ連れて行ってください」

「な……」

「足手まといは重々承知しております。共に戦うなどとは申しません。ただ、城へ入るまでの間、不知火丸様のお身のお世話をさせていただきたいのです」

ならぬ、と相手の唇が動きかけたのを見て、睦は被《かぶ》せるように言った。

「兵力は十分かもしれませんが、下働きの手は足りないはずです。城に入るまで、布佐国内に潜んでいる間だって、買い物や食事の支度、その他細々やることはあるでしょう？」

いくら組に分かれるからといって、一度に何人もが潜伏先に滞在するのだ。現地の人たちでは手が足りないかもしれない。

そういうことを、睦はつらつらと語って説得を試みた。

「お願いします。俺は戦うことができません。大事な人のために、何もできない。遠く離れた里で、ただ待つばかりなのが辛いのです。せめて近くにいて、お世話だけでもさせてください」

店にいた頃とは、……想いを確かめ合う前とは違う。もう、笑って見送ったりなどできなかった。

必死に言い、頭を下げた。不知火丸はすぐには答えず、重い沈黙が漂う。

「睦」

やがて、深いため息をついた不知火丸は、向かいにいる睦の手を取った。名を呼ばれて、睦も顔を上げる。

「私はそなたを愛しく、誰より大切に思っている。そなたも同じ思いなのだろう」

「はい」

迷うことなく、強くうなずいた。

「そなたが私の身を案じてくれているように、私もそなたを案じている。滝に落ちた時、生きた心地がしなかった。これ以上、そなたに何かあれば正気ではいられないだろう」

「でも」

断られてしまう。そう考えて食い下がろうとした。不知火丸はそんな睦に、まあ聞きなさい、とでも言うように握る手に力を込めた。

「睦は何もできないと言ったが、美味《うま》い飯を作ることができる。繕《つくろ》いも、家のことならなんでもできるだろう。下働きが足りないのは真実だ。そなたがついてきてくれるなら、心強い」

その言葉を聞いて、目の前が明るくなった気がした。しかし、不知火丸は真顔でこちらを見つめたままだ。

「だが、先ほども言った通り、そなたに何かあれば、たとえ戦に勝ったとて私はこの世にいられまい。もう二度と、そなたを失う恐怖を味わいたくはないのだ」

滝つぼに落ちて死にかけた恐怖は、睦の心にもまだ残っている。だが愛しい相手の死に目に直面した恐怖は、落ちた当人以上に深い傷になっているのだろう。

睦は自分の間抜けぶりを恥じると共に、不知火丸に対して申し訳ない気持ちだった。

「危ないことはしません。城下で不知火丸様たちのお帰りを大人しく待ちます。だから、俺も連れて行ってください」

強く相手の手を握り返し、視線と言葉で訴える。不知火丸は「きっとだぞ」と念を押した。

「明日、斑尾の兄上に話をつけておこう」

ため息交じりに言う。睦は喜んで、思わず不知火丸に抱きついた。

「ありがとうございます！」

ぎゅっと逞しい胸にしがみついてから、もふもふしない感触にハッと我に返る。つい、犬の時の調子で抱きついてしまった。

「申し訳ありません、つい」

人間の姿にもだいぶ慣れたけれど、犬の姿の時のように、気安く触れることができないでいる。人の姿で触れ合うと、つい情動が頭をもたげるのだ。

それに不知火丸も気づいているのか、睦が顔を赤くしてそろそろと離れようとすると、ニヤリと人の悪い笑みを浮かべた。

「つい、なんだ？」

睦の手首を掴み、引き寄せる。あっと体勢を崩した睦の足を掬《すく》い上げ、膝の上に抱いた。

驚く睦に愛おしそうな笑みを向け、唇を寄せる。はじめは優しく、続いて強く吸われ、睦はつたない舌使いでそれに応えた。

「……ふ、ぅ」

身体の芯が熱くなり、思わず悩ましげなため息が漏れる。すると不知火丸の口づけはいっそう濃密になった。

睦をさらに翻弄《ほんろう》させるためかと思ったが、無意識らしい。いつの間にか美貌から微笑みが消え、情欲の炎がその目に宿っている。

熱く乾いた手のひらが睦の着物の裾を割って忍び込んできた。口づけと共に太ももを撫でられ、身体の芯はいっそう熱を帯びる。

「あ……っ」

その手が中心にたどり着き、新芽を握った時、睦は思わず切ない声を上げていた。その声を聞いて、不知火丸はようやく我に返ったようだ。

「これ以上はいかんな。止まらなくなる」

手はあっさり引き抜かれ、睦は恨めし気な目を向けてしまった。

「人を昂らせておいて、寸止めなんて。ひどいです」

一度熱を持った身体を治めるのは、なかなか辛いのだ。

潤《うる》んだ目で睨む睦に、不知火丸は軽く目を細めたが、睦を抱いて立ち上がった。そのまま隣の寝間へ行き、睦を布団に押し込める。

そしてまた、さっさと隣の座敷へ戻るので、睦はこのまま一人寝をするのかと、寂しい気持ちでごろりと横を向いた。

だが不知火丸は、硯《すずり》や筆を片付けに行っただけのようで、すぐまたこちらにやってきた。羽織を脱ぐと、自分のではなく睦の布団に潜り込み、横を向く睦の背中を抱き込んだ。

「し、不知火丸様」

こんなことは初めてだった。いや、厳密に言えば、店にいた頃はよく一緒の布団で寝ていたし、野宿の時も抱き合って眠った。だがそれは、いずれも犬の姿でのことだ。

焦って振り返った睦に、不知火丸はまた微笑んで唇を吸った。

「里に来るまでもよく、こうして同衾《どうきん》していたではないか」

「それは、そうですけど」

「犬の姿のほうがいいか？　獣と交わるのを好む人間もいるらしいが」

笑いを含んだ声で言いながら、口づけを続ける。その手がするりと、睦の襟の合わせに潜り込んだ。

「俺は別に、そんな……あっ」

胸の突起をつままれ、睦は再び身体が切なくなるのを感じた。

「最後まではしない。今夜はほんの初手だけだ」

最後とはどこか、初手が何を指すのか、経験のない睦にはわからない。しかし、この切ない疼きをどうにかしてもらえるなら、何でもよかった。

不知火丸の片手は睦の胸の突起を弄《まさぐ》り、もう片方の手は裾を割り開いて、先ほど触れた新芽に伸びていた。

「……はぅ……」

睦は甘い声を上げた。自分を慰めはするが、他人にそこを触れられるのは初めてだ。

こちらの反応に気をよくしたのか、大きな手は、すでに硬くなりかけた性器をくにゅくにゅと追い立てるように扱《しご》く。

「誰かにこうされるのも初めてか？」

楽しむような口調だったから、睦は目元を赤くして相手を睨んだ。

「ど、どうせ……何もかも初めてです……よっ」

しかしそれは、不知火丸にとって嬉しい言葉だったようだ。にんまりと満面の笑みを浮かべ、深く口づけした。さらに、睦の新芽を強く擦る。

「ひ……」

本当にすべてが初めてで、どうしたらいいのかわからない。睦はただただ、不知火丸の手管に翻弄されるだけだった。

嵐のような快楽が吹きすさび、ぞくぞくと身体を震わせる。

その時、股の間にぬるりと熱い塊が滑り込んだ。

「あ……?」

最初は、不知火丸の腕かと思った。すぐにそうではないと悟る。怒張した不知火丸の陽根が、ぬるぬると睦の股の間を滑っていた。

「な、これ……」

これが、初手というものか。何となく、意図はわかった。

なぜなら、足の間を行き来するそれが、睦の陰嚢《いんのう》を刺激し、さらに睦の新芽を擦り上げたからだ。

「ん、んぁっ」

「睦……睦……っ」

掠れた声が切なげに名を呼び、睦の身体はさらに熱くなる。ヌッ、ヌッ、と股の間を熱く滾《たぎ》った陽根が行き来した。

もうそれだけで十分、睦には刺激が強かった。しかし、不知火丸の手は容赦なく睦の若い新芽をいじくりまわす。口づけし、柔らかな口腔を巧みな舌で蹂躙《じゅうりん》した。

「ふ、ぁ……」

唐突に、意識が遠のくような激しい快感が込み上げ、睦は精を噴き上げていた。

びくびくと若鮎《わかあゆ》のようにしなる身体を、不知火丸は自らの怒張を擦りつけながら抱きしめる。

「く……ぅっ……」

ぬめった先走りを太ももになすりつけた後、鋭い剣先は睦の後庭にめがけて精液を噴射した。

「……あ」

これもまた、初めて味わう熱さだった。二人は足を絡め合い、口づけを交わしながら、身を震わせて射精の余韻を味わう。

身体の奥深くを使って交接したわけではないが、それでも二人とも、この交わりに心も身体も満たされるのだった。

布佐国への道行きは、里へ逃げてきた時の行程を考えれば、拍子抜けするほど容易だった。里を一歩出れば、そこは布佐国だ。それぞれの組に分かれ、異なる時、異なる道を使って潜伏先へ向かう。

睦と不知火丸の一行は、朝遅くに里を出た。狛妖たちも人の姿を取っているが、不知火丸だけは子犬の姿に変化している。領内で不知火丸の顔を見知っている者も多いからだ。組紐の上からはいつもの通り、睦の縫った首輪を巻いている。

山を下り、半日も歩き続けると、城下町にほど近い農村にたどり着く。その村はずれの寺が、睦たちの潜伏先だった。

寺に着くと、先に里を出た他の組がすでに到着して不知火丸たちを迎えた。夜には他の組の者たちもたどり着き、なかなかの大所帯になった。

全軍のおよそ半数がこの寺に留《とど》まる。残りの半数は、組ごとに分かれて城下町の商家や寺社にいる。

あとは町人や旅人に扮した間者《かんじゃ》がいて、彼らは場所を定めず常に動いているという。

睦たちが寺に着いた翌朝、連絡役がやってきて、無事に全員が潜伏先にたどり着いたと報告があった。

そこから連絡を取り合い、日を決めて城に赴くのだろう。

詳しい話を、睦は聞かされていない。睦の役目はあくまでも、不知火丸の身の回りの世話をすることだ。

ただ、寺での睦は大いに活躍していた。

寺で厄介になるため、みんなめいめいに米やら野菜やらを持ち込んでいたが、大所帯の賄《まかない》を作るのに手が足りない。

寺には普段、住職と修行中の小坊主、それに下働きの男がいるだけだ。三人分の食事がいきなり十倍ほどになるのだから大変だ。

その点、睦は大勢の食事を作るのに慣れている。朝から厨《くりや》に立って食事を作り、掃除を手伝い、風呂を沸かすのも睦がやった。

「そう根を詰めなくてもよいのだぞ。もともと粗食や多少の不自由は覚悟の上だった。生米を食うのでも誰も文句は言わん」

朝から晩まで働き詰めの睦を、不知火丸は心配してくれたが、睦は自分にできることがあるのが嬉しいのだった。

仲間たちからも、睦の料理は好評だった。彼らは皆、相応に身分の高い者たちばかりだ。人間の家臣たちはもちろん、狛妖の兵士たちも、家では上げ膳据え膳のようで、飯の用意などできない。寺では米を炊いてもらえれば御の字、くらいに考えていたらしい。

睦殿がついてきてくれてよかった、と言われれば、嬉しくて張り切ってしまう。

そんなふうに一日経ち、二日が経ち、寺では平穏な生活を送る一方、城への討ち入りの準備は、着々と進んでいるようだった。

不知火丸は子犬の姿でどこかへ出かけ、帰っては難しい顔をしていることがある。今度の戦は負けられない、と家臣の誰かが言っていた。前回、大狒々と戦った時は満月だった。狛妖の里に逃げ延びることができた。里の内側からはいつでも出られるが、里の者以外が外から入れるのは満月の日だけなのである。

今回はしかし、次の満月を待つ時間はないという。城に幽閉された城主はおそらく、極限に置かれているはずだからだ。

再び失敗するようなことがあれば、城主はもう正気でいることはできないかもしれない。家臣らはもとより、狛妖たちも無事ではいられないだろう。

そうした重責が、不知火丸の肩にかかっている。難しい顔になるのは当然だった。睦は何も聞かなかった。ただ、不知火丸が少しでも安らげるよう、身の回りの細々とした用事をこなすだけだ。

いよいよ決行の日が近づいてきたのか、周囲の空気がピリピリと張りつめてきたある日、問題が起こった。

その日の朝、寺に町人風の男が数名、尻尾が斑の子犬を一匹連れてやってきた。町人に扮した人間の家臣らと、斑尾である。

彼らは慌ただしくやってきたかと思うと、不知火丸と共に奥の座敷で相談を始めた。何かが起こったらしいことは、彼らの様子でわかった。

家臣たちも気づいたのだろう、睦に茶を持っていってくれないかと頼んだ。言われなくても持って行くつもりだったが、これは睦に、それとなく様子を聞いてきてほしいということだろう。

人数分の茶を持って奥へ行くと、不知火丸がちょうど、声を荒らげているところだった。

「危険すぎる！　そんなこと、とても承知できん」

何やら取り込んでいるようで、声をかけられる雰囲気ではない。不知火丸が声を荒らげることなど、今までなかった。いったい何事が起こったのか、部屋の前に立った睦は不安になる。

しかし、続いて聞こえた斑尾の声は平静だった。

「では、どうするというのだ。お前の家臣らは顔が知られて無理だ。我が手勢に煮炊きのできる者はおらん。またできたとしても、物腰で兵士だと知れよう」

「だから、早急に誰か代わりの者を見つけて……」

不知火丸の声に力はない。誰か、代替のない役目の者が足りなくなったらしい、と見当がついた。

「信用のおける者を新たに探すには、時間がかかりすぎる。この役が討ち入りの要。滅多な者には預けられん」

「だからと言って」

「睦以上の適任はおらん。それはお前もわかっていよう」

唐突に自分の名前が出て、睦は身を硬くした。

「何と言われようと、これだけは承知できん」

「それは、睦本人が決めることだ。のう、睦？」

斑尾から声がかかって、睦は反射的に「はいっ」と返事をしてしまった。もう逃げることはできない。

オロオロしていると、中からすらりと襖が開いた。

「睦……」

不知火丸は驚いた顔で睦を見る。いたたまれず、睦は頭を下げた。

「も、申し訳ありません。立ち聞きするつもりはなかったのですが」

「茶を運んできてくれたのだろう。構わん。ちょうどお前の話をしていたところだ」

上座に座る斑尾が、中に入れと手招きする。不知火丸はそれに抗議するように口を開きかけたが、斑尾に目顔で制されてしまった。

「部屋の外にいる睦の気配にも気づかなかったのだろう。頭に血が上っている証拠だ。茶でも飲んで、少し頭を冷やせ」

従兄であり、武術の師に諭されて不知火丸はぐっと唇を噛んで押し黙る。睦は茶を運んだ後、促されてその場に座ったものの、わけがわからずハラハラした。

「聞こえたかもしれんが、問題が起こった。近々、城に上がることになっていた料理人が怪我で動けなくなったのだ」

「料理人、ですか」

斑尾は「左様」とうなずいて睦の運んだ茶をすすった。

「当然だが、城屋敷には誰でもが入れるものではない。警護の者があり、城門は固く閉ざされている」

そこで不知火丸の家臣らは、中から手引きしてくれる者を探していた。

城にもともといた者たちは、もうどれだけ無事でいるのかわからない。たとえ命が無事でも、我が身可愛さに不知火丸たちを裏切る可能性もある。誰が信用できるのかできないのか、見極めるのは困難だ。

そんな中、厨房で手伝いを探していると聞いた。

なんでも不知火丸たちが城を出てから、やたらと城の者が飲み食いをする量が増えたらしい。

恐らくは、大狒々たちが好きなように飲み食いしているのだろう。

もともといた料理人たちでは手が足りない。人手を増やしてくれと上に頼んだのだが、この頃は城で新たに人を雇うのは厳しく制限されており、許されたのは手伝い一人だけだった。

これを聞いて家臣たちは、間者の一人を手伝いとして送り込んだ。

その者は無事に雇い入れられ、睦たちが里にいる間も逐次、城の様子などを流していたのだが、つい昨日、城の中で折檻されたのである。

たまたま通りかかった家臣の一人に粗相をしたからだというが、ほとんど言いがかりに等しく、単に家臣の虫の居所が悪かっただけだ、というのが真相のようだ。

命に別状はないものの、両手の骨を折られ、しばらくは働けないという。

「我が城内で、そのような暴虐を行う者がいるとは、信じられん。恐らくその家臣というのも、大狒々でしょう」

斑尾が話をする間、黙って控えていた家臣の一人が、怒りを抑えきれないというように声を上げた。

「しかし、確かにそのような無法者のいる場所に、何の武術の心得もない睦殿を差し向けるのは危険です」

もう一人の家臣が言う。不知火丸が再び口を開きかけたが、斑尾は「ではどうする?」と問いかけた。

「こちらがすぐに替わりを差し向けねば、別の伝手《つて》から雇い入れるだろう。その者を必ずこちら側に引き入れられるという保証はない」

「つまり、俺が代わりに行って、中から手引きをする、ということですね」

「睦！」

不知火丸が、咎めるように呼んだ。斑尾が落ち着け、というように不知火丸の前に手をかざす。

「危険な役目だ。さらに今も申したとおり、人の皮を被った大狒々が傍若無人《ぼうじゃくぶじん》なふるまいをしている」

斑尾が言い、睦も大きくうなずいた。

「私は承知できん」

すかさず声を上げたのは、不知火丸だ。

「一つ間違えば死ぬことになる。この場の誰より危険な役目なのだ。そもそも睦は、布佐国とは縁もゆかりもない、ただの料理人なのだぞ。私を助けて店を追われた上に、さらに命までかけさせるというのか？」

彼は食って掛かるような姿勢で、斑尾に訴えた。その言葉は最もだと感じたのか、余りの剣幕に驚いたのか、斑尾も一瞬怯《ひる》む。

「だが、他に方法はなかろう」

「何かあるはずだ。最初から策を立て直す」

しかし、そんな時間があるのだろうか。

「睦、ここはもういい。戻りなさい。これは間者の仕事だ。一介の町人であるそなたに、とても務まるものではない」

不知火丸が口早に言った。いつになく厳しい口調だったのは、一刻も早く睦をこの場から立ち去らせたかったからだろう。

「いえ、俺にやらせてください」

睦が応えると、不知火丸ばかりか一同が驚きの表情を浮かべた。

「お話を聞いて、確かに俺以上の適任はいないと思いました」

「馬鹿なことを申すな。睦、早く行け」

不知火丸が眦《まなじり》を吊り上げる。睦を心配してくれているのだ。申し訳ないと思ったが、他に方法がないのなら睦がやるべきだと思った。

大狒々に勝てなければ、この国が滅びてしまう。不知火丸も無事ではない。他ならぬ不知火丸のためだからこそ、睦は命をかけてでも助けたいのだ。

睦は布佐国の者には顔が知られていないし、決して不知火丸を裏切ることはない。

上尾国の「めし屋」から里に逃げる直前、布佐国の者らしい武士に顔を見られているが、彼らは不知火丸が大犬であることも知らなかった。城に頻繁に出入りする者たちではないだろう。

睦も、自分以上の適任はいないだろうと思われた。

「布佐国に縁もゆかりもないと仰いましたが、俺の養父はこの国の出身で、ご城主の『草』

でした。力を貸すには十分の理由でしょう。それに俺も、不知火丸様と戦いたい。非力な自分をずっと無念に思っていました。こんな俺でも、共に戦えるなら断る理由はありません」

斑尾が、「ほう」と感心したように目を瞠る。

「駄目だ。許さん」

しかし、不知火丸は頑《かたく》なに許さなかった。駄々をこねるように首を振る。彼の胸の内がわかって、睦は苦しくなった。

「不知火丸様」

人目もはばからず、その手を取る。真っすぐに愛しい人の目を見据えた。

「お願いです。俺にやらせてください。不知火丸様が俺の身を案じてくださるのもわかっています。でももし、このまま別の誰かに任せて、それで万が一にも失敗したら……。あるいは不知火丸様の御身に何かあったら、俺は何もできなかった自分を許せないでしょう。一生悔やみます。いいえ、不知火丸様がご無事でなければ、俺も生きていません」

黙って聞いていた不知火丸の目が、迷いに揺れていた。方法はそれしかないと、彼もわかっている。一瞬、切なげに顔が歪んだ。すぐに戻ったのは、家臣たちの前だからだ。

視線を伏せ、睦の手を一度、強く握って離す。そうして斑尾を振り返った。

「睦を使うのは、決行日の当日にする。できる限り城の中にいる時間を少なくしたい」

苦い顔で言う。それが承諾とわかって、睦は「ありがとうございます」と喜びの声を上げた。不知火丸は、そんな睦をじろりと一瞥《いちべつ》した。

「喜ぶな。命がけなのだぞ」

「わかっています」

表情を引き締める睦に、不知火丸はなおも何か言おうと口を開いた。それを斑尾が「まあ落ち着け」と、なだめる。

「むろん、睦を差し向けるのは当日、一日限りだ。城の内部については幸い、前の間者によって調べがついているからな」

睦には後で改めて、詳細を伝えると言われた。

「我らの戦いに巻き込んですまない。だが睦が頼みの綱だ。どうかよろしく頼む」

斑尾が頭を下げる。家臣たちもそれに倣《なら》って睦に頭を下げた。武士が町人に頭を下げるなど、まずないことだ。それだけ大変なことなのだろう。

決して失敗することのできない、責任の重大な役目。不安と恐怖は大きい。けれどやり遂げねばと思う。

一同が頭を下げる中で、不知火丸だけが睦を見つめ、苦い顔をしていた。

そんなことがあってから、その日は一日、不知火丸はろくに口を利いてくれなかった。と言っても、あからさまにそっぽを向かれたわけではない。不知火丸は準備に忙しかったし、睦も一日中あれこれと働いていた。

顔を合わせる機会が少なかったのだが、それでも昨日まではお互いにそれとなく顔を見に行ったり、すれ違えば二言、三言でも会話をかわしていた。

それが今日は、不知火丸は会釈をするだけですぐに視線を逸《そ》らしてしまう。

（やっぱり、怒ってるのかなあ）

夜、仕事を終えた後、睦は何となく眠る気になれなくて、寺の境内をぶらぶらしていた。

一行は寺の本堂を間借りしている。なんとか全員が横になれる広さではあるのだが、ろくに寝具もない板間で雑魚寝《ざこね》をするのは、やはりいささか気詰まりではあった。不知火丸と二人きりになる機会も滅多にない。

昼間のことを謝ろうにも、落ち着いて話をする時間がなかった。

睦は細い月が浮かぶ夜空を見上げ、ちょっとため息をつく。

不知火丸が怒るのも、無理はないと思う。滝つぼに落ちた時もあんなに心配して、睦に何かあったら正気でいられない、と言っていた。

睦だってそれを聞いて、危ないことはしない、大人しくしているからと約束して同行を許してもらった。なのにその舌の根も乾かぬうちに、みずから危険に飛び込むと言い出した。

睦が不知火丸だったら、やっぱり怒るだろうし、平静ではいられない。

（でももう、それしか方法がないのだし）

自分が危ない目に遭うのも嫌だが、大切に想う相手が無事に帰ってこないのはもっと嫌だ。けれどそれは、不知火丸とて同じことだ。不知火丸の気持ちを考えると、またため息が出てしまう。

「……後悔しているのか？」

不意に後ろから声がかかって、睦は飛び上がりそうなほど驚いた。

「不知火丸様！」

いつの間に現れたのだろう。足音にも気配にも気づかなかった。驚いた、とつぶやくと、不知火丸は面白くなさそうに鼻を鳴らす。

「私との約束を破った罰だ」

やっぱり怒っている。睦の気持ちはしゅんと萎《しぼ》んだ。

「申し訳ありません。危ないことはしないと言ったのに」

「まったくだ」

にべもなく返す。しかし、不知火丸はそこで、悔しそうに顔を歪めた。

「だが、そうさせたのは我々だ。睦は私のために、力を貸そうというのだろう」

不知火丸はそれ以上の思いを言葉にはしなかったが、その気持ちはじゅうぶんに伝わった。

睦に不知火丸の気持ちがわかるように、彼も睦が何を考えて役目を引き受けたのか、ちゃんとわかっている。

大切な相手が、他ならぬ自分のために危険を冒そうとしている。しかも、他に問題を解決する方法はない。

自分のせいで睦を危険な目に遭わせているのだと、不知火丸はまた自責の念に駆られている。

「すみません。不知火丸様を悩ませているのはわかってるんです。でも、後悔はしていません。正直に言うと怖いし不安ですけど、不知火丸様と戦えるのは嬉しいんです」

薄ぼんやりした月明かりの下で、不知火丸の顔が苦しげに歪むのが見えた。長軀《ちょうく》がふらりと近づいたかと思うと、その腕に抱き締められる。

「――すまない」

絞り出すような低い声が聞こえた。睦は腕の中で小さくかぶりを振り、相手の身体に腕を回した。

「だが、必ず勝つ。勝って御前様と、そしてそなたを無事に救い出す」

絶対に、と、決然とつぶやくのが聞こえた。

「信じています。俺が危ない時、不知火丸様は何度も助けてくれました。だから俺はこうして、今も元気でいられるんです」

無法者から助けてもらったのにはじまり、不知火丸に幾度も助けられた。だから今度もきっと大丈夫。

睦の言葉に、不知火丸は小さく笑った。やがて抱擁を解くと、睦の手首を取った。

「睦。そなたには、これを持っていてほしい」

言って、手首に何かを巻く。それは不知火丸が身につけていた、守りの組み紐だった。

「だめです。受け取れません」

これは不知火丸の守りだ。睦がつけていては、不知火丸を守るものがなくなってしまう。

「今回のことがなくても、そなたに渡すつもりだった。睦と出会って、私も母のように、愛しい相手にこれを渡したいと思ったのだ」

黒曜も、夫に守りを渡したという。その守りが今、城内に幽閉された城主の命を守っている。

「でも今は、不知火丸様にこそ必要なのではないですか」

睦は密かに手引きをするだけ。大狒々と対峙する不知火丸こそ、守りの力が必要なはずだ。

睦は手首に巻かれた組み紐を外そうとした。しかし、きつく巻かれたわけでもないのに、それはどんなに力を込めても外すことができない。

うんうんと唸る睦をしばらく眺め、不知火丸はふふっとおかしそうに笑った。

「それは守りの持ち主以外、外すことはできないのだ。私が身につけさせたのだから、そなたの力では外れん」

では、不知火丸の身は誰が守るのだろう。睦が縋るように見上げると、不知火丸は優しく微笑んで再び睦を腕に抱いた。甘く柔らかな声で囁く。

「受け取ると言ってくれ。愛しい相手に贈りたいと言っただろう？　いらぬと返されては、立つ瀬がない」

その言葉にようやく気づいた。先ほどは不知火丸の身を案じるあまり、聞き流してしまったが、黒曜が城主に……妻が夫に守りを贈った。つまり、夫婦と同様に睦を愛しているという意味だ。

「あ、俺……あの、ありがとうございます」

甘やかな告白に気づき、睦は照れてしどろもどろになる。不知火丸は「睦」となおも甘く呼んだ。

「事が無事に済んだら、私と暮らしてくれないか」

「……暮らす？」

おずおずと顔を上げる。薄闇に浮かぶ美貌は、優しくもやや不安げな顔をしていた。

「すぐにとは言わん。養父から受け継いだ店もあろう。私も、御前様をお救いした後もやらねばならぬことが山ほどある。すぐに国を離れることはできない。だから、いつどこで暮らすとは決められないが、いずれ落ち着いたら、どちらかの国で共に暮らしたい」

不知火丸が睦の店に居候《いそうろう》をしていた時のように、二人で食事をしたり、一緒に寝たりできる、ということだろうか。

突然の申し出に呆然としていると、不知火丸は困ったように微笑んだ。

「私の伴侶《はんりょ》になってほしい、ということだ。私は半妖の身、子は作らぬ約定だから、妻を娶るつもりはなかった。跡継ぎが要らぬのなら、妻も必要ないと思っていたからな。だがそなたと出会って、考えが変わった。愛しい相手と末永く共にありたい。だから睦、私と夫婦《めおと》になってくれ」

「夫婦……」

睦も不知火丸も男だが、愛しいと思う気持ちに男も女もない。嬉しくて、すぐにでもうなずいてしまいそうになったが、そこではっと我に返った。

「でも、俺はただの料理人で、不知火丸様はお殿様のご子息です」

あまりにも身分が違う。睦の言葉に、不知火丸はおかしそうに笑った。

「それを言ったら、私は半妖だ。人間ですらない。身分どころではないだろう。それともやはり、妖しと夫婦になるのは嫌か」

眉を下げて見せたが、今さら睦が半妖にこだわるはずがないことは、不知火丸もわかっているのだろう。声音にどこか、からかう響きがある。

睦もかぶりを振って微笑んだ。

「そんなはずありません。本当に、俺を伴侶にしてくださるのですか」

「ああ。この守りはその証《あかし》だ。どうか私と添い遂げてくれ」

睦は不知火丸の胸に飛びついて、ぎゅうっと強く身体を抱きしめた。

「はい……はい！」

喜びに、何度もうなずいた。不知火丸に抱き締められ、額に唇を押し付けられた。つむじや頬に、いとおしそうに唇が落とされる。

「だから、必ず無事でいてくれ。この組み紐は妖しの力からは守ってくれるが、刀傷や拳《こぶし》を避けることはできん。無理はしないでくれ。そなたを失って大義を果たしたとて、私に残るのは後悔だけだ」

本当は行かせたくない。心配で心配でたまらない。不知火丸のそんな葛藤《かっとう》がひしひしと伝わってくる。睦は不知火丸の胸に鼻先を擂り寄せた。

「大丈夫です。『めし屋』で客あしらいをしてきましたから、多少の無茶を言われてもいなすことができます」

もう決して、不知火丸を悲しませるようなことはしない。絶対にうまくやり遂げてみせる。

「だから、不知火丸様も無事でいてくださいね」

心配でたまらないのは、睦も同じだ。祈るように言うと、不知火丸は「約束する」とうなずいた。

互いに気持ちを通じ合わせた喜びと、これから城へ討ち入ることへの不安。それらがないまぜになり、不知火丸と睦はそれからしばらく、抱擁を解くことができなかった。

それから二日後の決行日までは、慌ただしかった。

睦は寺を出て、城で怪我をさせられたという間者のもとへ行き、城の内部の情報や手引きする順序を教わらなければならなかった。

不知火丸と名残《なごり》を惜しむ暇もなく、ただ寺を出る際、不知火丸は組み紐の上に、睦が作った首輪を巻いてくれた。組み紐の守りは、城の大狒々たちもよく知るところだ。それを睦が身につけていては、怪しまれるだろう。厨房まで彼らがやってくることはないだろうが、隠しておこうというのだった。

「こちらの首輪のほうは、あとで私に返してくれ。妻が作ってくれた、大切な物なのだ」

睦の手首に布を巻きながら、真面目な顔で不知火丸は言った。妻と呼ばれて、睦は赤くなる。

その場には、家臣や狛妖たちが見送りに出ていた。二人の間に流れる空気に、その関係を確信したかもしれないが、何も言われなかった。

狛妖が一人、護衛と道案内役につき、城下町へと向かう。長屋の一角に、両手を怪我した中年の男が住んでいて、睦はそこへ引き合わされた。

その日はそのまま長屋に寝泊まりし、手順などを教わる。

「城に残ったお偉い方たちは、みんな狒々に食われている。役人も使用人も、何かがおかしいと思いながら、お偉い方たちに逆らえずにいるのだ」

間者の話では、使用人たちは自分らに難が及ぶことを恐れて、常に身を縮めて過ごしているのだという。

最初は辞めると言い出す者も多かったが、すぐに誰も何も言わなくなったという。暇をもらった使用人たちが、自分の家に戻ることはなく、いつの間にか掻《か》き消えたのを知ったからだった。

「もっとも、大狒々たちが厨房にまでくることはない。奴らは飲み食いに忙しい。おかげで厨房は一日中忙しくててんてこまいだ。だが、我々には逆に都合がいい」

大狒々たちは、毎日が宴のごとく、酒だの肴《さかな》だのと大量に飲み食いを続けている。明け方近くまで浴びるように酒を飲み、ようやく高いびきをかいて眠るのだとか。そしてまた、すぐに起きて食事を所望するのだった。

おかげで厨房は、朝から晩まで大忙しだ。交替で休んでいるものの、城主と同様にこちらも限界のようだった。暇を告げれば殺されるかもしれず、逃げるに逃げられない。

恐ろしい状況だが、睦は強い怒りを感じた。大狒々たちはただ、自分たちの愉悦のためだけに、こうした極悪非道な行いを続けているのだ。

怒りは不安を打ち消し、この役目を必ずやり遂げたいという決意を後押しした。

一日長屋に泊まり、翌朝、間者の男に連れられていよいよ城へ上がる。

怪我で働けなくなった男の代わりに、睦を甥《おい》と偽って厨房に入れるのである。

睦が年より幼く見えるからか、門番にも厨房の者たちにも怪しまれることはなかった。というより厨房は、男が怪我で何日も休んだものだから、人手が足りなくて誰でもいいから来てほしい、という状態だったのだ。

男は門の前で帰され、城に入れたのは睦だけだった。これから先は、誰にも頼ることはできない。睦は手首の組み紐を、袖の上からギュッと押さえた。

懐には、養父の形見の小刀も忍ばせている。幸い、城に入る時にも取り上げられることはなかった。

(大丈夫。一日待てば、不知火丸様が来てくださる)

決行は夜明け頃。大狒々たちが酒に酔い、眠りにつく時分である。

その頃には厨房の人々もへとへとだ。厨房には一人置いて、あとは休む。睦が動くのはその時だ。

裏門には不寝番が目を光らせているが、表門は逆に手薄だった。賊が表から正々堂々と入ることがないからなのか、わからない。

そのかわり表塀は高く、返しが付いており、門扉も堅牢だ。脇の通用門も内側に太い閂《かんぬき》が通っているから、人目を盗んで外すのには苦労するだろうという間者の話だった。

しかし、彼が城にいる間、密かに調べを進めたおかげで、不寝番の配置や人の動きを細かく知ることができた。厨房の使用人たちの人となりも、それなりに教わっている。

大丈夫、大丈夫と呪文のように心の中で唱え、不安に身がすくみそうになるのをこらえた。

厨房に入ると、睦はさっそく仕事を言いつかった。間者の言っていた通り、厨房はてんてこまいで、新参者に一から説明をしている暇などなかった。

それでも、睦の手際はなかなかのものだったらしい。前の男よりできる奴だと褒められたが、そこから仕事も一気に増えた。

汚れた器を洗ったり、蔵から食材を運んだり、当然ながら下っ端の役目が多い。厨房の外に出ることもたびたびあったが、誰かに難癖をつけられるようなことはなく、時が過ぎて行った。

睦はそれから一日中、ほとんど休む間もなく働かされた。食事は仕事の合間に、さっと残り物を口に入れるだけだ。厠に行くのも苦労する。

夜が明ける頃には足が棒きれのようになり、身体はずっしり重かったが、おかげで不安や恐怖を感じる暇もなかった。

城の奥からは、ひっきりなしに酒を出せだの料理が遅いだの文句が来ていたが、それも明け方近くには少なくなり、やがてぴたりと止《や》んだ。

大狒々たちがようやく眠りについたのだ。厨房の使用人たちもやれやれ、とほっとした顔になる。

ここからようやく休めるようになるのだが、睦は一人、厨房に残されることになった。睦が休めるのは、みんなが休みを終えて起き出した後だ。

それまで一人で番をして、もしも奥から命じられれば、一人で料理を作り、酒を出さなくてはならない。

芝居ではなくげんなりした顔をする睦を、他の使用人たちは気の毒そうに見た。皆、奥に聞こえるのを恐れて何も言わないが、こんなところに働きに来るものじゃない、と思っているのだろう。

他の使用人たちがいなくなっても、睦はしばらく動かなかった。板間に座り込んでしばし休み、残った洗い物を片付けたりする。

そうして誰も戻って来ないのを確かめてから、そっと厨房を出た。

厠に行くふりをして、途中で物陰に身をひそめる。間者に一日叩きこまれ、屋敷の地図は頭に入っている。人に見つからないよう、表門へ移動した。

途中で見つかれば、それでおしまいだ。睦は十中八九、殺される。使用人や下っ端の役人たちは人間で、不知火丸の配下だと知れれば協力してくれることもあるかもしれない。しかし、睦を信じてくれる保証はない。

砂利のない場所を選んで移動する間も、心臓がばくばくと脈打って痛いほどだった。風や葉擦れの音に、すわ人が来たのかと怯える。途中、怖くて足が動かなくなることもあった。

そのたびに手首の組み紐に触れ、勇気を出す。

ようやく表門にたどり着くと、やはり警備の姿はなかった。

ただし、まったくいないわけではない。一人二人、交替で夜通し屋敷の中を回っているはずだ。また、門からそう遠くない場所に番小屋があり、そこに門番が控えている。

睦は息を殺し、辺りを窺った。周りに人がいないのを再三確かめてから、通用門へ走る。

重い門を動かすと、ゴリゴリと思っていた以上に大きな音がして、びっくりした。

しかし、ここまで来て手を止めるわけにはいかない。音を立てながらも、どうにか門を外した。ホッとして、門を開こうとしたその時、鋭い声が聞こえた。

「貴様、そこで何をしている！」

番小屋にいた門番が二人、物音を聞きつけてやってきたのだ。睦が誰何《すいか》の声を聞いた時には、彼らはすでに間近にまで迫っていた。

先に立つ一人が腰に差した刀に手をかけるのを見て、咄嗟《とっさ》に門から離れてひざまずく。

「待ってください。怪しいものではありません！」

怪しさしかないのだが、斬られないためにはそう叫ぶしかない。

「俺は昨日から厨房に入った者です。ほら、菜飯の握り飯のっ」

夜勤の者たちには、厨房から夜食を差し入れている。昨夜の夜食を運んだのは睦で、目の前の門番の男にも見覚えがあった。

後ろからもう一人が、明かりを持ってずい、と前に出る。夜明けのまだほの暗い中、明かりで照らして睦の顔を確認した。

「確かに厨房の者だが、なぜ閂を外した」

一人はまだ、刀に手をかけたままだ。睦はできるだけ哀れっぽい、子供じみた声を上げた。

「厨房の仕事が辛くて、もう我慢ならないのです。朝から晩まで働き詰めで、飯もろくに食えやしない。逃げ出したくて、閂を開けてしまいました。後生です、どうかこのまま家に帰してください」

厨房の仕事が日に日にきつくなっているというのは、使用人の間でも有名な話だと聞いている。どうする？　というように刀に手をかけた門番がもう一方の顔を見たが、そちらは苦い顔で首を横に振った。

「ならぬ」

「そんなあ」

睦はできるだけ大きな声を上げた。もう閂は外してある。外側から、誰か仲間が戸を開けてくれないだろうか。

「もう閂も外しちゃったし、あとはちょっと戸を開けるだけじゃないですか。見逃してくださいよ」

外に知らせるつもりだったのだが、いささか芝居が臭すぎたらしい。門番二人の顔色が変わった。

「怪しいな、貴様」

再び刀に手がかかる。失敗した。睦が青ざめた時だった。

通用門の木戸が開き、門の外から抜刀した侍たちが数名、中に入ってきた。不知火丸の家臣たちである。そして彼らに続いて不知火丸の姿もあった。

その姿を見て、睦はホッとして崩れ落ちそうになる。だが、ここで崩れては元も子もない。

門番たちも彼らの素性に気づいたのだろう。あっと声を上げた。

「あなた方は……生きておられたのか」

不知火丸をはじめ里に逃げ延びた家臣たちは、城内の者たちの間では死んだことになっていたらしい。不知火丸は苦笑して自分の足を示した。

「この通り、足がある。我々は城内に幽閉された御前様をお救いするため参った。その者は我らの味方だ」

「幽閉？」

どういうことなのかわからず、門番たちは混乱している。不知火丸はあくまで自分たちは味方だと言いたいのだろう、優しく門番たちを諭した。

「そなたらも、城内の異変は感じていたであろうに、逃げ出すことなくよく城を守ってくれた。御前様に代わって礼を言う」

不知火丸が謝辞を伝えると、門番二人は恐縮したようだった。そこへ不知火丸の脇にいた家臣の一人が、「だが、もう大丈夫だ」と畳みかける。

「我ら戌之丞様率いる一軍は、これより大狒々の退治に奥へ乗り込む」

「お、大狒々？」

「奥に幽閉された御前様の御身を、猿の化け物どもから奪還するのだ。その間、そこもとらは使用人たちを守ってくれ」

口早にまくし立て、「行くぞ」と、促す。門番たちは家臣数名に誘導され、使用人たちのいる棟へ走って行った。

不知火丸はそれを見送ると、睦を振り返る。相手が小さくうなずいたので、睦もうなずき返した。睦の仕事はここまでだ。無事にやり遂げた。

不知火丸と家臣たちは、踵《きびす》を返して城の奥へと向かう。その背中を見送って、睦は無事を祈った。

当初の予定では、睦は門を外したらすぐ、門を出て寺に戻り、事が終わるまで待つことになっていた。

しかし、門番に引き止められたおかげで出遅れてしまった。しかも小さな通用門からは、外に控えていた家臣や人の姿をした狛妖が次々と入ってくる。

五十名余りの軍勢が門扉をくぐるのは、いささか時間がかかる。場を混乱させないよう、脇に控えていたのだが、それがよくなかった。

しんがりを務めていた家臣が最後に門扉をくぐると、彼が扉を閉めて門をかけてしまったのである。睦がまだ外に出ていないことを、彼らは気づいていなかったのだ。

大狒々を外に逃がさないようにとのことなのか、ともかく最初から、全員が城に入ったら内側から門を閉める作戦だったらしい。

睦が言えば、もう一度門を開けてくれるだろう。しかし、事は一刻を争う。城屋敷の方角から悲鳴や怒声が聞こえ、すでに戦いが始まったのがわかった。

自分一人が脱出するために、先を急ぐ家臣を引き止めることはできない。

睦は仕方なく、すべてが終わるまで息をひそめていることにした。どのみち、他の使用人たちも、彼らの寝所で身をひそめているはずだ。

誰にも見つからないよう、そろそろと動いて草木の茂みに身を隠す。

日は少しずつ昇り、辺りは徐々に明るくなっていた。屋敷の方角からは人の怒声に混じって、犬の遠吠えと、そして奇怪な甲高い咆哮が聞こえてくる。耳障りな咆哮は、大狒々の鳴き声なのだろうか。

それ以外は静かで、城の中で物の怪たちの死闘が繰り広げられているとは、とても信じられなかった。

どれくらい時が経っただろうか。屋敷から声が聞こえなくなった。

しんと不気味なほどの静寂が落ち、茂みの陰で息をひそめていた睦は、はっと顔を上げた。

（終わったのかな）

みんな無事だろうか。不知火丸は怪我などしていないか。

奥に確かめに行きたい気持ちに駆られたが、まだ油断できない。はっきりとわかるまでは隠れているつもりだった。

と、その時、屋敷の方角からゼイゼイという苦しげな息と共に、足を引きずるような音が聞こえた。

「……誰か」

か細い声は掠れていてよく聞こえなかったが、男のようだ。

「誰か、おりませぬか。……助け……助けて」

今度ははっきりと聞こえた。足を引きずりながらこちらへ近づいてきたかと思うと、ばったりと倒れる。

ふわりと血の匂《にお》いがして、睦は茂みから飛び出していた。

「しっかりしてください」

倒れていたのは禿頭《とくとう》の老人だった。寝巻きのまま、草履《ぞうり》も履いていない。助け起こすと、口から血がこぼれ、着物もべっとり血で染まっていた。

「助けて。猿の、化け物……」

老人は錆臭《さび》い息を吐きながら、うわ言のように言う。大狒々にやられたのか。

「もう大丈夫ですよ。今、助けますからね」

老人の怪我は相当深そうだ。早く手当てをしなくてはと思いながらも、老人に声をかけた。

「助け……助け、テ、クレル？」

「はい。すぐに手当てをしますからね」

相手をはげますつもりで、睦は力強くうなずく。

苦しげに息をついていた老人が、その時、ニタアァと笑いを浮かべた。ぞくりと背筋に悪寒が走る。

「ソレナラ、オマエノ皮、クレ……」

笑った口が、あり得ないほど大きく開く。開きすぎて、頬の皮膚《ひふ》が裂けても老人は笑っていた。痩《や》せこけた身体が一回り、いや二回り大きくなる。大きくなりすぎて、身体の皮膚がビリビリと裂けた。血の匂いと甘い腐臭の入り混じったなんとも言えない臭いが、あたりに立ち込める。

「コノ皮、モウダメダ。代ワリノ皮クレ……」

老人の変貌《へんぼう》に、睦は逃げるのも忘れ、呆けたようになった。

不知火丸の姿を見た時には、こんなふうにはならなかった。神々しいとさえ思ったのだ。

しかし、目の前のこれは同じ妖しでも、狛妖とはまったく違う。おぞましくいやらしい、そばにいるのも厭《いと》わしい存在だ。

大狒々だというが、全身は毛むくじゃらで、顔は人間に似ている。ただし、眼球はぽっかり穴が開いたように真っ黒で、顔に皮はなく真っ赤な血濡れの繊維がむき出しになっていた。

「うわああっ」

人間の皮膚をぶら下げた手が伸びてきて、睦は我知らず叫んでいた。

猿の手が睦の腕を摑もうとしたその時、何かがバチンと音を立ててはじけ、今度は化け物が悲鳴を上げた。

睦はハッとして自分の腕を見る。着物の袖がそこだけ溶けたようにボロボロになっていた。

不知火丸から借りた布の首輪がちぎれ、はらりと地面に落ちる。色鮮やかな組み紐が露《あら》わになった。

化け物は伸ばしかけた手を押さえ、悔しそうに唸った。

「ソレ、ソレ……見覚エ、アルゾ。オマエ、不知火丸ノ仲間カ」

この組み紐が、不知火丸のものだと知っている。睦は恐怖の中、閃《ひらめ》いた。

「お前、比延だな」

化け物は、キシシ……と耳障りな声を立てて笑った。

「守リガアルカラ、皮ハ剝《は》ゲナイ。デモ、爪デ皮ハ裂ケル」

毛むくじゃらの手から、血と肉片のこびりついた汚い爪が伸びる。組み紐は、妖術からは守れるが刀や爪からは守れない。

睦は震える足でじりじりと後退《あとじさ》った。化け物はそんな睦を追い詰めて楽しむように、ゆっくりと近づいてくる。

「皮裂イテ、肝食オウ」

走って逃げようにも、距離が近すぎる。逃げきれない。追い込まれて、睦は懐から小刀を取り出した。

化け物が馬鹿にしたようにキシシと笑う。睦自身も、こんな小刀で抵抗しきれるとは思えない。しかし、たとえかなわないまでも、ただ食われるのはまっぴらだった。

再び伸びてきた手を、小刀で払う。化け物は笑いながらひょい、と機敏にそれをかわした。

「グズゥ、ノロマァ」

嘲《あざけ》りながら、睦を追い詰める。こうやって人間に無力さと恐怖を与えて殺すのが、この化け物の楽しみなのだ。

「うるさいっ」

必死に小刀を振り回したが、化け物は素早かった。汚い手がぐん、と伸びてくる。睦は咄嗟に小刀を投げつけていた。

「ギャッ」

悲鳴を上げたのは、化け物のほうだった。小刀は相手の額に当たり、地面に落ちる。小刀が当たった額からはどろりと黒い血の塊が流れ、化け物は苦痛に呻《うめ》いていた。

ただ小刀が当たったくらいで、なぜ大きな傷を負わせられたのかわからない。睦は目の前の出来事に困惑しながらも、とにかくその場を逃げ出した。

「貴様アァァ」

後ろから、怒りの声が聞こえた。全身の産毛が総毛だつほどの殺気を感じる。

それでも睦は走った。どちらに走っているのかもわからなかったが、迫りくる恐怖から逃れるために走り続けた。

「アァァァ」

もはや言葉にならない声が、すぐ耳元まで近づいてくる。ツンと鼻先に血の臭いと腐臭がかすめ、今度こそもうだめだと思った。

『睦!』

その声が、どこからしたのかわからない。目の前を白いものが横切ったかと思うと、身体の周りにふわりと清涼な風が舞った。すぐ背後で化け物の悲鳴が上がったのは、それとほとんど同時だ。

まろぶようにして先まで走り、恐る恐る振り返る。

そこには大犬に変化した不知火丸の姿があった。見上げるような巨軀《きょく》は、朝日を浴びて白く輝いている。毛皮や爪はところどころ、赤黒いものがこびりついている。しかし、目だった怪我はないようだった。

「不知火丸様」

来てくれた。無事だった。その神々しい姿に、安堵と喜びが弾《はじ》ける。地面にへたり込みそうになるのを辛うじて支えているのは、皮肉にも目の前にいる化け物の存在だった。

「オノレ、不知火丸ゥゥゥ……ッ」

憎々しげにその名を呼ぶ化け物に、睦と対していた時の余裕はない。

その皮のない肉の顔からは、はっきりと怯えが見て取れた。大狒々は、不知火丸を恐れている。

『比延、もう逃がさぬぞ』

不知火丸が言い、低い唸り声を上げた。

比延は逃げようとしたらしい。化け物が確かに、後ろへ跳躍したかに見えたが、不知火丸のほうが素早かった。

比延の喉笛に大犬の牙がくらいつく。比延は耳をつんざくような悲鳴を上げ、不知火丸の身体に爪を立てた。

白い身体から鮮やかな血が舞ったが、不知火丸は怯まない。あぎとを軋《きし》ませ力を込める。

比延の首がブチブチと音を立てて引きちぎられる様に、睦は思わず目を逸らした。

断末魔の悲鳴は、掻き消されるように唐突に止んだ。

目を開けると、不知火丸が比延の首をくわえ、首を失った大狒々の身体がどう、と地に倒れるところだった。

不知火丸はぺっと首を吐き出すと、空に向かって吠える。

屋敷のあちこちから、それに呼応するように狛妖たちの遠吠えが上がった。

戦いは終わった。遠吠えを聞いて、睦は理解した。

『睦』

雄々しく吠えていた不知火丸が、こちらを見て心配そうな声を上げた。

睦が無事か確かめたかったのだろう。一歩前に出て、けれどすぐさま怯んだように立ち止まる。

口の周りは、化け物の血で汚れていた。恥じ入るように、そっと前足で牙を拭《ぬぐ》う。それきりためらって、近づこうとしない。

だから睦は、自分から地面を蹴《け》って飛び出した。

「不知火丸様！」

白い毛皮に勢いよく抱きつく。

『睦！』

不知火丸は、睦の身体が血で汚れるのを見て戸惑っていたが、睦は気にしなかった。

「良かった。無事で良かった」

『……ああ。そうだな。無事で良かった』

やがて不知火丸も感じ入るようにつぶやく。睦の身体に額を擦り寄せた。

東の空から昇る陽の光が、二人を眩《まぶ》しく照らしていた。


城に巣食う大狒々は退治したものの、城内がすっかり平穏を取り戻すには、なお長い時が必要だった。

城主は生きて救い出された。まったく無事というわけではなく、痩せ細って髪は白く変わっていたが、それでも正気を保ち、救い出された時には、しっかりと自分の足で歩いていたそうだ。

城主は座敷牢に閉じ込められ、夜ごと比延たちに脅かされていた。

守りの紐は、大狒々の爪から守ってはくれない。殺されるのが嫌なら言いなりになれと言われる。城主が言いなりにならないとなると、今日殺すか、明日殺そうかと毎日のように囁かれた。

並の人間なら、正気を失ってもおかしくない。食事もろくに与えられず、骨と皮だけになりながらも城主は耐えたのである。

その城主をもってしても、心身が健やかになるまでは何年も時間がかかり、また妻、黒曜の助けが必要だった。

嫡男、不知火丸の異母兄は比延らが死ぬと、間もなく病状が回復した。これは大狒々の呪詛から解放されたためと思われる。

事が落ち着いて間もなく、城主は隠居をし、嫡男が跡を継いだ。

この時は、不知火丸に跡を継がせるべきだと家臣らから反発があったそうだが、他ならぬ不知火丸が断固として認めなかったため、代替わりは割り合いとすんなり行われた。

とはいえ、家臣らの反発もむべならぬことだと、睦もこの時ばかりは思ったものだ。

国の危機、父が化け物に捕らわれていた時、嫡男は病に伏して妻子と身を隠していた。

危機を救ったのは次男の不知火丸とその母方、狛妖一族だ。

国のために命懸けで戦ったのに、事がすべて終わってからようよう現れた嫡男が、ちゃっかり城主に収まったのだから、不知火丸と共に戦った家臣らは特に、面白くなかっただろう。

それでも、半妖の不知火丸に人間の国を治めさせてはならない、というのが狛妖一族との取り決めだった。

不知火丸自身も、一国の主《あるじ》などという、堅苦しいものになるのは願い下げだったから、兄が跡を継ぐのは喜ばしいことなのだ。

しかし、忠義は人一倍の不知火丸である。大狒々を倒した後、混乱する城内の者たちをまとめ、亡くなった家臣らの代わりとなる人材の登用や、荒れ果てた城の修繕など、あらゆる事後処理に奔走した。

そう、城に仕える重臣の多くは、大狒々に中身を食われて死んでいた。中には当人ばかりか、一家全員が食われていたこともある。

少なくない数の家臣たちが命を落とし、これらは表向き、城内で死病が流行《はや》ったためだとされた。

城主をはじめ、正室や嫡男、家臣の多くが罹患した。不知火丸が母の実家からもたらした薬によって、病の流行が治まった――という筋書きである。

大狒々に食われた家臣らは、ボロボロの皮だけで、後には骨さえ残らなかったが、城主は彼らのために立派な墓を建てて死を弔《とむら》った。

その墓には美雲《みくも》と、彼女の産んだ三男の名もあった。

美雲も大狒々に食われていたのである。幼い三男は人ではなく、大狒々たちの作った傀儡《くぐつ》だった。

恐らく美雲は子を産んですぐに食われ、その子も生まれてすぐに死んだ。傀儡はその骨で作られたのだろう……と、斑尾が言っていた。

美雲がすべての元凶だったが、彼女を悪く言う者はあまりいなかった。殿の寵愛を求め、孤独と焦燥を化け物に付け込まれた側室を、誰もが憐《あわ》れと思ったのかもしれない。

死んでいった者たちを思うと、戦に勝ったとはいえ、やるせない気持ちになる。

だが生き残って城に留まった人々は、懸命に働いた。

狛妖一族も、これに手を貸した。戦が終わってすぐ、斑尾は里に帰ったが、部下たちを残していった。

彼らは人の姿を取り、失った家臣たちのかわりによく働いた。

大狒々退治に手を貸し、その後も骨惜しみなく力を貸してくれる狛妖たちに、素性を知る家臣たちは拝む思いだったという。

そうしたおかげで、布佐国と狛妖の里はその後も末永く親交を深めていくのだが、それはまた別の話だ。

睦は、国には帰らなかった。

当初の予定では、狛妖の里でほとぼりが冷めるまで厄介になる約束だったが、そちらにも戻らず、事後しばらく、布佐の城内に留まって厨房を采配《さいはい》した。

というのも、あの戦いに居合わせた使用人の多くが、恐れをなして逃げてしまったからだ。

使用人は家臣たちと違い、大狒々に食われることはなく、しかし奴隷《どれい》のような扱いをされていた。

家臣たちの皮を被った大狒々たちが恐ろしく、異変を感じながらも仕方なく仕えていたのである。

さらにあの不知火丸たちとの戦いの中で、大狒々の本性を目《ま》の当たりにしてしまった。もう化け物は退治されたから大丈夫、と言われても、安心はできないだろう。

特に厨房の使用人たちは顕著だった。腹を空かせては、城の再興にも遅れが出る。それで睦が厨房を手伝うことにしたのである。

不知火丸は睦が無理をしているのではないかとしきりに案じていたが、睦は彼のそばにいられるので嬉しかった。

『めし屋』を営んでいた時と同様、朝から晩まで働いて、滋養のある食事を城の人々の口に届けた。

みんなが美味《おい》しいと言ってくれたので、やりがいはあったけれど、当時は目の回るような忙しさだった。

睦は残った使用人たちと城で働き、不知火丸は以前から住んでいた城下の屋敷から毎日出仕し、それぞれが忙しい日々を過ごした。

だから二人が、ようやく夫婦らしい関係に至ったのは、大狒々退治から一年近く経ってからのことだ。

城の内部がすっかり平らかになった頃、睦は不知火丸と共に、生まれ故郷である上尾国の『めし屋』に戻った。

南の街道は、とても緩やかだった。秋の初めを選んだので、まだ朝晩も暖かい。煩《わずら》わしいことといえば、上尾国と布佐国を分ける国境《くにざかい》の関所くらいのものだ。道はおしなべて平坦《へいたん》で、危険なことは何もなかった。

一年ほど前、上尾国から狛妖の里へ逃げるまでの道のりを思うと、のんびりした旅である。不満を言うなら、旅を共にする相方が、あまり触れてくれないことだろうか。

「睦、足は痛くないか」

先を行く不知火丸が、振り返って心配そうに窺ってくる。睦は微笑んでかぶりを振った。

不知火丸は優しい。布佐国の事後処理で忙しかった時でさえ、合間を見つけて睦を気遣い、慈《いつく》しんでくれた。

おかげで彼の気持ちを疑うことはなかったのだが、やはり一年は長い。

城にいる間はまだしも仕方がないと思ってはいたが、二人きりの旅だというのに、最後までしないというのは、どういうことか。

しかしまあ、ここまで待ったのだ。不知火丸にも何か考えがあるのだろうと、そう思うことにしている。

「俺は何も。不知火丸様こそ。お疲れではないですか」

「いいや。それでは、このまま歩くとするか」

あと一里も歩けば門前町のはずれ、『めし屋』にたどり着く。二人は先を急いだ。

質素ななりをしているとはいえ、不知火丸は城主の次男、御舎弟様である。にじみ出る威厳と上品な所作に、行く先々で人々がちらちらと視線を向ける。

睦も旅に出た当初は、不知火丸と湯治宿に泊まったり、旅籠《はたご》屋の飯を共に食べているなんて信じられない気分だった。

布佐の城内での不知火丸は、城主と同等か、それ以上に人々から敬われている。一国を救った将なのだから、当然だ。

睦は城で働きながら、不知火丸のそうした立場をつぶさに感じ、自分の想い人は大変な身分の人なのだと改めて理解したのだった。

ただ、睦が信じられない気分で不知火丸と旅をしていたのもはじめのうちだけで、先を進むうちに一年前の……二人で暮らしていた時の感覚が戻ってきた。二人きりの道行きを楽しみ、旅の終わりの今は名残惜しいくらいだ。

不知火丸もしばし、国での立場やしがらみを忘れ、旅を楽しんでいた。

「何も変わらないなあ」

歩くうちにだんだんと、見知った景色になってくる。『めし屋』の前にたどり着いた時には、懐かしさがこみあげた。

「店もそのままですね」

もっと朽ち果てていると思ったが、意外と元のままだった。

「いや。店の周りに草が生えていない。近隣の者が草刈りをしてくれていたのではないか」

言われてみれば、そのとおりだ。一年近くも経ったのだから、何もしなければ店の周りは草がぼうぼうに生えていてもおかしくない。

実際、店の裏手へ回ると、納屋のある庭先は草が人の背丈ほどに成長していた。

二人で中に入る。さすがに埃《ほこり》っぽくカビ臭かった。それでも厨房も奥の座敷も、変わった様子はない。

「あ、座布団。不知火丸様のお座布団は、そのままですよ」

子犬姿の不知火丸が愛用していた座布団が、逃げた当時のまま、ちょんと座敷の隅に置いてあった。

「ほう、懐かしいな」

不知火丸も、感慨深げにそれを眺める。

それから雨戸を開けて空気を入れ替え、押し入れの布団を干したり、部屋の埃を払って、床を拭いた。

掃除はなかなか骨の折れる仕事で、あっという間に夕方近くになってしまった。

さすがに店の厨房までは手が回らない。旅の汚れも落としたかったので、門前町の中心にある湯屋へ行き、その後は町の料理屋で食事をした。

「おい、ムツ！　ムツ坊じゃないか」

町を歩いていると、睦はたびたび呼び止められた。

みんな、唐突に店を閉めたことを気にしていたようだ。店をまた開けるのか、開けるとしたらいつか、今までどうしていたのかと、いろいろ聞かれた。

店の周りはやはり、睦がいつ帰ってきてもいいように、近所の人たちが店の前を掃除をしていてくれたようだ。

それを聞いた時には胸が詰まって、涙をこらえるのが大変だった。

今回の帰郷はきっちり店じまいするためだということ、睦自身は隣国の布佐で暮らすのだというと、みんな名残を惜しんでくれた。

思っていた以上に、自分の料理を楽しんでくれる人がいたのだ。嬉しかったし、期待に応えられないのは残念だった。

でもこれは、睦自身が決めたことだ。

店を閉め、布佐国で不知火丸と共に暮らす。

この一年、睦が考え抜いて、不知火丸と相談した上で出した結論だった。

いつか、もう少し年を取って、不知火丸が隠居でもしたら、小料理屋など営むのもいいかもしれない。不知火丸にはもちろん、店の常連として通ってもらう。

そんな夢のような話を、この一年で幾度となく不知火丸としたものだが、それはまだ先の話だし、本当になるかどうかはわからない。

今、決まっているのは、布佐国の不知火丸の屋敷で共に暮らすということ、睦が厨房に立って、日々の食事を作るということだけだ。

食べることが何より楽しみな不知火丸のために、これからも美味しいものを作っていきたい。

「私がそなたを独り占めするのは、気が咎めるな」

睦が行く先々で呼び止められるたび、不知火丸は端に寄って黙って見守っていたが、やがて家に近づいて周りに人がいなくなると、ぼそりとつぶやいた。

睦が見上げると、不知火丸はちらりとこちらを見て薄く笑った。

「だがそれでも、睦と離れるのは私には堪《た》えられない」

艶めいた台詞《せりふ》に、思わず睦の胸が高鳴った。しかし、すぐ次に、

「睦の飯を食えなくなるからな」

と続けられたので、拍子抜けした。

「もう！　俺をお側《そば》に置いてくださるのは、飯のためですか」

せっかくいい雰囲気だったのに。睦がキリッと睨むと、不知火丸は楽しそうにクスクス笑った。

「もちろん、それもある。そなたの飯が恋しくて、休みの日にも城に上がっていたくらいだからな」

城内の復興に尽力していたこの一年、不知火丸は城下にあった自分の屋敷から、城に通っていた。

しかし、睦は城に住み込みで働いているので、休みは睦の飯が食べられない。それで不知火丸は、滅多にない休みの日でも、わざわざ城に上がって食事を摂りに来ていた。

不知火丸の身分からしたら、人をやって料理を届けに来させることもできたのに、睦の手を煩わせまいと自分から赴くところが、思いやりの深い彼らしい。

「思い出したら、睦の卵焼きと煮物が食べたくなってきた。旅に出てから食べていないからな」

「やっぱり、俺の飯だけが目当てなんですね」

睦はわざと拗ねたそぶりをして、ふいっとそっぽを向く。不知火丸はなおも笑った。睦の手に、そっと不知火丸の手が絡んでくる。熱い手の感触に、鎮まりかけていた鼓動が再び速くなった。

日が沈みかけて辺りは暗く、目をよく凝らさないと先が見えないくらいだ。そろそろ提《ちょう》灯《ちん》を手に歩かねばならない頃だった。

町はずれとはいえ、人の行き来はまだあって、たまに明かりを手にした人が行き過ぎる。

往来で手を繋ぐことに羞恥を覚え、睦は身を硬くする。不知火丸はそんなもの慣れない仕草さえ楽しくてたまらない、というように、絡めた手を強く握り、身を摺り寄せてきた。

「飯も大事だが。睦本人はもっと大切だ。そなたと離れて暮らすことなど、もはや考えられん」

耳元で甘く囁く。それは睦も同じだった。以前は、落ち着くまで離れて暮らすことも考えていたが、今は片時も離れたくない。

「俺も……」

不知火丸にだけ辛うじて聞こえるくらいの小さな声でつぶやいて、睦も手を握り返した。

家に着く頃には、すっかり日が暮れていた。

「睦、厨房から盃《さかずき》を二つ、持ってきてくれないか」

店から中に入ると、不知火丸が片方の手に持っていた酒瓶を掲げて言う。先ほど夕飯を食べに入った料理屋で買ったものだ。

何をしようとしているのか知っている睦は黙ってうなずき、厨房から盃を二つ取った。すっかり埃をかぶっていたから、水場へ行って軽く洗う。その間に不知火丸は座敷の明かりをつけ、戸締りを済ませていた。

さらに、不知火丸が愛用していた座布団を上座に据え、その上には睦が持っていた養父の形見の小刀を載せていた。

睦が盃を持ってくると、そのうちの一つに酒を注いで小刀の前に置いた。

「では、はじめるか」

そう言われると、にわかに緊張してくる。二人きりで誰が見ているわけでもないのだから、硬くなる必要などないのだが。

二人きりで婚姻の儀を行う。これが、故郷に戻ってきたもう一つの目的だった。

儀式といってもこのように、ごく簡素なものだ。場所はあばら家で、特別なご馳走《ちそう》も華やかな衣装もない。

布佐国ならば、願えば豪華な宴を催すことも可能だったが、ひっそりと自分たちだけの約束事を交わしたいということで、二人の意見は一致していた。

それも、二人が出会った場所が相応《ふさわ》しいと言い出したのは、どちらが先だったか。

布佐の不知火丸の屋敷に比べると、この家はひどく粗末ではあったが、しかし不知火丸と睦のどちらにとっても、思い出深い場所だった。

小刀を祭壇に見立てたのは、亡き養父への報告と感謝の気持ちを表したものだ。

大狒々との戦いの時、比延に襲われた睦は、咄嗟に投げたこの小刀に救われた。

後日、改めて確認しても何の変わりもなく、不知火丸が見たところ、特別な霊力を帯びているわけでもないという。だがあの時、軽く当たっただけの小刀に比延は血を流して大きく怯んだ。

きっと養父が助けてくれたのだと、睦も不知火丸も考えている。

不知火丸はもう一つの盃に酒を注ぎ、一息に飲み干す。さらに酒を注いで睦に渡した。睦がそれを飲み干すと、不知火丸は小刀に頭を下げた。

「義父上《ちちうえ》殿、睦をもらい受ける。睦のことは幾久しく幸せにすると約束するゆえ、どうかご安心召されよ」

睦も手をついて、「親父様、今までお世話になりました」と頭を下げた。これまで育ててくれたこと、不知火丸と引き合わせてくれたことに心から感謝した。

小刀は何も答えなかったが、きっとあの世に届いているだろうと思う。

簡素な儀式を済ませると、二人で残りの酒を飲み交わした。睦はその後のことを考えて内心、ソワソワしていたのだが、儀式の後の厳かな空気の中で「そろそろ床に入りませんか」などと口にするのは気が咎める。

(今夜はするよな? もしかして、今夜もしないとか)

先ほどからちらちらと隣を盗み見ているのだが、不知火丸は涼しい顔で酒を飲んでいる。

先ほどの料理も美味かったが、やはり睦の飯が恋しい、などとも言っていて、色っぽい雰囲気ではなかった。

今日こそ最後まで身体を合わせるのだと思っていたが、だんだんと自信がなくなってくる。

思い切って聞いてみようかな、とまた隣を窺った時、不知火丸がたまりかねたように、プッと吹き出した。そのままクク……と肩を震わせて笑う。

「不知火丸様っ？」

「すまん……。いや、先ほどから視線がくすぐったくてな」

睦がソワソワちらちらするのに気づきながら、素知らぬ顔をしていたのだ。

「ひどいですよ、不知火丸様！」

こっちはずっと気を揉んでいたのに。睦が目を吊り上げると、不知火丸は笑いながら「すまん」と謝った。そっぽを向こうとする睦に、腕を絡めてたわむれるように抱き寄せる。

「ちらちらとこちらを見るそなたが、どうにも可愛くてな」

「からかってたんですね」

むっと膨れると、「いやいや、そうではないぞ」となだめるように背中を撫でられ、額や頬に軽く唇を押し付けられた。

「そなたが可愛くて愛おしすぎて、なかなか言い出せなかったのだ」

その声音は甘く蕩《とろ》けるようだったが、先ほど吹き出して笑ったのは忘れない。じろっと横目で相手を見た。

「俺はこの一年ずっと、不知火丸様がいつ最後まで抱いてくださるんだろうと、ヤキモキしてたんですよ」

戦いが終わった後も、ずっと最後まで抱いてもらえなかった。二人きりになれば抱き合って唇を合わせたり、時にそれ以上のこともしたが、夫婦の営みに至ることはなかった。

故郷に帰って養父の前で夫婦の盃をかわそう、という話になり、きっと初夜もその時までお預けなのだろうと考えていたが、はっきり聞いたわけではない。もしや不知火丸は最後まで抱く気はないのだろうか、などと不安に思ったこともある。

「そうだったのか。そこまで気を揉ませていたとは知らなんだ。口にせずにいたために、そなたにいらぬ気苦労をかけてしまったな」

睦の告白に、不知火丸は笑いを消して済まなさそうな顔になった。睦の唇に一つ口づけをして、抱擁を強める。

「そなたと真に夫婦になるまでは、みだりにそなたの純潔を汚すまいと考えていた。はっきり口にできなかったのは、私が自分自身を信じられなかったからだ」

すまない、と神妙に謝る不知火丸の言葉を反芻《はんすう》してみる。

「つまり、初夜までに我慢できずに抱いてしまうかもしれないから、はっきり口にできなかったと」

「有り体《てい》に言えば、そういうことだ」

真顔でうなずくので、今度は睦が吹き出してしまった。

「この一年、本当に我慢したのだぞ。空腹なのに目の前に馳走を出されて、食うことを許されないのだからな」

言いながら、睦のうなじを軽くかぷりと噛む。くすぐったくて首をすくめると、さらにかぷりと噛まれた。

「ふ……っ」

じゃれ合いながら腰を抱き寄せられ、いつの間にか不知火丸の膝の上に乗せられていた。すぐ尻の下に不知火丸の太ももを感じ、知らずのうちに呼吸が浅くなる。同時に、耳朶《じだ》にかかる吐息も熱さを増した気がした。

「今この時より、そなたと私は真の夫婦だ。この身果てるまで共にあろうぞ」

そうだ、ようやく夫婦になれたのだ。不知火丸に言われて、ツンと鼻の奥が痛くなった。

「……っ、はい」

言葉を詰まらせると、不知火丸は柔らかく微笑んで睦の片手を取った。

睦のその手には、今も不知火丸の守りの組み紐が巻かれている。戦いが終わって返そうとしたのだが、そのまま持っていてくれと言われたのだ。

「この組み紐は、このままそなたが持っていてくれ。私と夫婦であるという証だ」

睦はたまらず、不知火丸の首に抱きついた。

「ずっとずっとおそばにいます。不知火丸様がもう飽きたって言っても、そばを離れませんから」

耳元で愉快そうに笑う声がする。

「それはこちらの台詞だ。もう離してくれと言われても離さんぞ」

二人は強く抱き合って、口づけした。深く強く交わりたいと、心と身が互いを欲している。

不知火丸は、昼間に干して座敷の隅に寄せていた夜具を広げ、その上に睦を横たえた。

「今からそなたを抱く。よいか」

静かな声音ではあったが、こちらを見下ろす目はすでに、情欲の熱を帯びていた。睦も濡れた目で相手を見上げる。

「もちろんです。長いこと、心待ちにしておりました」

本当に長かった。自分からねだってしまおうかと、何度迷ったか知れない。それがようやく結ばれるのだ。どうしても、期待をせずにはいられなかった。

「私もだ。そなたが欲しくてたまらなかった」

不知火丸は目を細めて睦を見つめながら、するりと襟の合わせに手を差し込む。

「……あっ」

胸の突起を撫でられて、ぞくりと肌が粟立《あわだ》った。不知火丸は手のひらで軽く撫で転がすようにして、睦の乳首の先を擦る。

「は……んんっ」

「睦はここが好きだな」

刺激に胸をのけ反らせると、不知火丸は意地悪な笑みを浮かべてなおも乳首を責め立てた。

「そんなこと……ぁう……」

わななく唇を吸われ、襟を大きく開かれる。露わになった胸の突起を、今度は口に含まれた。

「や、あ……っ、あっ」

敏感な部分を舌先で舐《な》め転がされ、身体の中心がじんと熱くなった。

そんな変化に気づいたのか、不知火丸の手が睦の下帯へと伸びる。そのまま器用に下着を解かれてしまった。

新芽はすでに立ち上がりかけていて、下着を取り払うなり、ぷるんと跳ねた。

「愛らしいな。初々《ういうい》しい色をしている」

不知火丸が覗き込むように顔を近づけて言うので、睦は恥ずかしくてたまらなかった。

「そ、そういう言い方はやめてください」

「そうだな。いや、逞しい、と言うべきだった」

「白々しいですよっ」

余計に恥ずかしいではないか。睦が睨むと、不知火丸は小さく笑った。かと思うと、ぱくりと睦の新芽を口に含む。

「ああっ」

そのままじゅぷじゅぷと音を立てて吸われ、茎を扱かれる。あまりに強い刺激に、頭がどうにかなりそうだった。

「だめ……そんなの、だめです」

「そうか？　だがそなたのここは、嫌がっていないようだが」

にやりと笑って、不知火丸はさらに睦を責め立てる。口を開くとはしたない声が上がりそうになり、睦はぷるぷると身を震わせながら口を手で覆った。

「ん、んーっ」

「そういえば、そなたはふぐりが好きなのだったな。これはどうだ？」

言うなり、肉茎を握っていた手が、睦の陰嚢に伸びた。口淫《こういん》をほどこしつつ、くにくにと袋を指で転がす。

「や、な……っ」

「ふふ、そなたのふぐりも、可愛らしいではないか」

最初は何のことやらわからなかったが、すぐに思い出した。不知火丸が子犬姿でここに居候をしていた頃、人の姿の「モリヤ」に、不知火丸のふぐりがぷりぷりして可愛らしいと話して聞かせたのだ。

まさか、一年近くも前のことを根に持っていたとは思わなかった。

「不知火丸様……意地悪……っ」

睦が言うと、不知火丸はますます楽しそうな顔をする。口淫が激しくなり、たちまち追い詰められた。

「も……、離してっ」

達してしまう前に離してほしいと請うたのに、不知火丸は艶めいた目を笑いの形にするばかりで、離してくれない。

「ん、ふぅ、っ」

睦はぷるぷると四肢を震わせ、不知火丸の口の中に達してしまった。恥ずかしくて死んでしまいそうだ。

羞恥と快楽に潤んだ目で相手を見ると、不知火丸は睦の放ったものを片手にこぼし、もう片方で足を広げさせた。

「不知火丸様……？」

何をするのだろう、と首を傾げていると、精で濡れた指が菊座に潜り込んできた。

「ひぁっ」

「大丈夫だ。力まずにいなさい」

驚く睦のこめかみに唇を当て、あやすように囁いてから、不知火丸はぬこぬこと菊座へ指を出し入れする。

初めは慣れない感覚が何やら恐ろしかったが、やがて尻の浅い部分を突《つつ》かれた時、得も言われぬ衝撃が駆け抜け、甘い声を上げていた。

不知火丸はふっと微笑み、その部分を指で何度も擦り上げる。先ほど達したばかりだというのに、睦の若い芽はたちまち硬さを取り戻した。

「や……そこ……」

後ろのそんなところが気持ちいいなんて、知らなかった。

「あ……んんっ」

「愛らしいな、睦。そなたの姿を見ているだけで、気をやってしまいそうだ」

不知火丸の息がわずかに浅くなっている。声も掠れていて、睦を丹念に愛撫しながら、身体はすでに昂っているようだった。

「俺ばっかりで、恥ずかしい。不知火丸様も裸になってください」

相手の逞しい裸体を見たい欲望に駆られ、睦はねだった。不知火丸は上体を起こして着物の帯を解く。たちまち下帯姿になり、睦はそれを見て思わずごくりと喉を鳴らした。

下帯の上からでも、ずっしりと重量感のある陽根が膨らんでいるのが見て取れる。

「そんな切ない顔をしてくれるな。腰にくる」

物欲しそうに見ていたらしい。恥ずかしさに顔を赤らめる睦の前で、下帯を解く。ぶるん、と勢いよく陽根が跳ね上がった。

亀頭はテラテラと黒光りし、肉茎は張り詰めて脈打っている。鈴口《すずぐち》からは透明な蜜がぷっくりと溢れていた。

「あ……」

これから、自分の中にこれが入るのだ。身体の奥が熱くなり、きゅーっと胸が切なくなった。欲しい。これが欲しい。

ドキドキして、気づけば身を乗り出していた。

不知火丸が、はっと驚いた顔をしている。睦はたまらず、彼の亀頭を口に含んだ。

「……っ、睦!」

途端、不知火丸はうろたえた声を上げる。まさか睦がいきなり口淫をするとは思わなかったのだろう。

先ほどから、一方的に愛撫されてばかりだったので、わずかばかり優越感を覚える。自分がされた時のことを思い出し、懸命に亀頭を舐《ねぶ》った。

「ん、んっ」

自分のものとは違い、不知火丸のそれは逞しい。どうにか口に入れようとすると、喉の奥まで咥えこまねばならなかった。

「……っ、く……っ」

拙《つたな》いはずの口淫に、けれど不知火丸は切なげにうめき声を上げる。睦の愛撫に感じてくれているのだ。嬉しくて、陽根をさらに頬張《ほおば》ろうとした。

「うっ、睦っ」

舌先が亀頭をかすめると、不知火丸が慌てたように腰を引く。

「もう余裕がない。中に入れさせてくれ」

言葉通り、その表情は真剣で、双眸は熱に浮かされたように潤んでいた。

色っぽい表情に、睦は息を呑んでうなずく。不知火丸は唇を合わせながら、覆いかぶさってきた。

腰を抱えられ、足の間に不知火丸の下腹部が入ってくる。硬い切っ先は、ずぶずぶと睦の菊座を犯した。

「あ……あっ」

それは、目の眩《くら》むような衝撃だった。逞しい陽根が、敏感な内壁を擦り上げる。浅い部分を突き上げられると、菊座を指で弄《いじ》られた時のようなむず痒《がゆ》さが戻ってきた。

「睦……ああ……」

たまらない、というように腰を二度三度と打ち付け、不知火丸はため息をつく。それから睦の身体をぎゅうっと抱いた。

「やっと一つになれた」

「不知火丸、様……」

これで二人は身も心も、夫婦になった。喜びと快感がいっぺんに押し寄せて、頭がどうにかしてしまいそうだ。

睦が首に抱きつくと、不知火丸は小さく微笑んで唇を啄《ついば》んだ。そうしてゆっくりと腰を穿《うが》

ち始める。

「ふ、ぁ……っ」

「睦、睦……っ」

ぞくぞくと快感が背筋に駆け巡る。生まれて初めて感じる強い快楽に、我知らず菊座がきゅうっと引き絞られた。不知火丸は腰を穿ちながら、切なげなうめき声を上げる。

「……っ」

我慢しきれなかったのか、次第に腰の動きが速くなる。ガツガツと欲望を打ち付けられ、睦は不知火丸の腕の中で身も世もなく悶《もだ》えた。

「ああ……睦……っ、だめだ。堪えきれん」

ぐっと逞しい性器が睦の身体の奥まで突き立てられた。

「ひ……ぁっ」

身体をのけ反らせると、追いかけるように唇を塞がれる。

口づけし、腰を激しく穿って、不知火丸は睦の身体の最奥に欲望を叩きつけた。

びゅくびゅくと中の陽根が脈打って、精を吐き出されているのがわかる。奥に熱い粘液が滲《にじ》むような感覚があり、睦は思わず身もだえた。

「あ……ぅっ」

抱きしめられたまま、睦も二度目の精を噴き上げる。信じられないくらい気持ちがよくて、不知火丸の首に抱きついたまま、しばらく離れられなかった。

「睦。ありがとう、愛している」

荒く息をつきながら、不知火丸が囁いた。一度精を放った彼の男根は、まだ睦の中で硬く芯を持ったままだ。

「俺もです。不知火丸様」

うっとりと相手の胸に頬を摺り寄せる。愛しい人は大きく息をついて、睦を抱きしめた。

再び、律動が始まる。

それから二人は空が白むまで、身体を睦《むつ》ませ愛を確かめあった。


「睦」

眠る中、愛しい人の声が優しく耳元に響いた。

睦は応えようとして、ぶるりと身を震わせる。くしゅん、とくしゃみが出た。

「そら、そのままでは寒いだろう」

不知火丸は心配そうに言った。睦はそこでようやく、覚醒する。

そう、自分たちは夫婦の契りを交わしたのだった。儀式は激しい快楽を呼び起こすもので、強い刺激に翻弄され、睦はいつの間にか気を失っていたようだ。

「すみません。俺、眠ってしまいましたか」

目を開けると、不知火丸が濡れた布巾で睦の身体を拭き清めているところだった。

おかげでまだ腰は重いが、肌はさらりとして心地よい。

「どこか、痛むところはないか」

心配そうに問われるから、睦はふるふると首を横に振った。

「ちっとも。すごく気持ちがよかったです」

またたくさん、あれをしてほしい。でも今は、睦も身体が限界だった。もっと愛を語らい合いたいのに、睡魔に激しく襲われる。

「また……もっと、したい」

「もちろんだとも。幾久しく、そなたとは夫婦であるのだから」

不知火丸は言って、睦を抱きしめてくれた。睦も彼を抱きしめたが、くしゅっ、とまたくしゃみをしてしまう。

「すみません」

「初秋とはいえ、夜は冷えるな」

夜具は薄っぺらく、また二人で寝るにはいささか窮屈だ。

「では、こうしようか」

不知火丸がつぶやくなり、彼の身体が変化した。たちまちのうちに、熊ほどもある大犬に変わる。

「これなら温《ぬく》いだろう」

真っ白い被毛が目の前に横たわるのを見て、睦は思わず頬をほころばせる。ぎゅうっと不知火丸の被毛を抱きしめた。

「はい。モフモフで心地いいです」

人の姿でも、大犬の姿でも、どちらも気持ちよくて大好きだ。頬ずりすると、不知火丸はふふっと笑った。

「まだまだ時はある。ゆるりと眠ろう」

「――はい」

睦と不知火丸は互いに寄り添って、心地よい眠りについた。

あとがき

こんにちは、初めまして。小中大豆と申します。

今作はモフモフと、ときどき侍が活躍するお話です。私としては初めての和風のお話になりました。

味方が犬で、敵がアレなのは、日本昔話の影響かなと思います。子供の頃、絵本で読んだ早太郎伝説（しっぺい太郎とも言いますね）が大好きでした。お話の化け物が怖くて怖くて、早太郎が出てきた時の安心感と言ったら。

そんなこんなで今作は、人間より犬の方が活躍しているような気がします。でも、見せていただいたキャラクターラフのわんこが悶えるほど可愛かったので、もっともっとあらゆるところに犬を配置すればよかった、などとも思っております。

人間から動物まで、どのキャラも魅力的に描いてくださいました、陵クミコ先生、ありがとうございました。

攻めのことは初稿で名前がつくまで、私と編集さんと「イケメン侍」と呼んでいました。こちらもイラストがカッコよくて惚れ惚れしていたのですが、本編ではちょいちょいおかしげなところもあり、完全なスパダリにはなり損ねてしまいました。